トオリヌケ キンシ

加納朋子

文藝春秋

目次

装画　丹地陽子
装幀　大久保明子

トオリヌケ　キンシ

トオリヌケ　キンシ

1

トオリヌケ　キンシ

その札を見るたびに、思っていた。

そうか、ここからどこかに通りぬけられるんだ、と。

ぱっと見、どこにもつながっているとは思えない道だ。いや、そもそも道なんて上等なものでもない。古いマンションの外壁と、つぶれた銭湯の板塀との隙間、五十センチくらいの幅しかない空間である。ぺんぺん草や猫じゃらしがボウボウ生えていて、バッタがピョンピョン跳ねていたりする、そんな場所。誰かの飲みさしの空き缶が転がっていたり、塀から剝《は》がし忘れたような夏祭りのポスターがまくれ上がっていたり、まあそんな場所だ。

きっと、そんなとこわざわざ通ろうなんて思う人間はいないだろう。汚い塀にこすれて服が汚れそうだし、ヤブ蚊はいそうだし、クモの巣だってはっていそうだし。ずっと奥の方には、なにやらガラクタがごたごたと積み上がっているのも見える。通れねーじゃん、まるっきり……少なくとも、そう思える。

こんなとこ通るの、野良猫くらいだよ。

学校の行き帰りに、「トオリヌケ　キンシ」と書かれたその札を見るたび、首を傾《かし》げたり、心の中で突っ込んだりしていた。

それが、その日に限って「じゃあ通りぬけてやろうじゃん」という気になった。学校で少しだけ嫌なことがあって、なんだかアウトローな気分になっていたのだ。

嫌なことっていっても、別に大したことじゃない。四時間目の理科の時間、先生が黒板に書いた問題に、答えることができなかったってだけのことだ。


かげはたいようの（　　）にできる。

たいようを（　　）るとかげができる。

かげの（　　）はすべておなじ。


指名されて、まず最初のカッコを埋めなさいと言われた。わからなくて黙っていると、じゃあこれは？　これならどう？　と次の問題を順番に示され、やっぱりわからなくて黙っていた。先生はため息をつき「さっき体育の授業で影踏みをしたわよね。あのとき、先生今の答えを全部言ったでしょう？　聞いていなかったの？」

はい、聞いていませんでしたとも言えず、やっぱり黙っていた。黙っている時間が長すぎて、終業のベルが鳴ってしまった。

先生はまたため息をついて「じゃあこれは宿題」と告げた。何人かの男子が、「ちぇー」とか「田村《たむら》のせいだー」とか不満げに叫ぶ。

何でおれのせいなんだよと、ちょっとムカついた。

今日は水曜日で、給食を食べたらもう下校だ。遊ぶ時間はたっぷりあって、だから寄り道する時間だってある。

『通学路いがいの道を通るのはやめましょう』

学期初めに配られたプリントには、そんなことも書いてあった。でもそんなの、知るもんか……だいたいこれ、道じゃないし。ただの隙間だし。

何となく言い訳っぽいことを考えながら、その狭い道……いや、隙間を抜けていく。ランドセルの中で、教科書や筆箱がごとごとと揺れた。

どうせそこまでしか行けないし。何あれ、蓋《ふた》の取れた洗濯機とか、古タイヤとか、油まみれのオーブンレンジとかが積んである。あほらし、もうかーえろ。

そう思って、だけどギリギリまで近づいてみたら、隙間はさらに先へ続いていることに気づいた。粗大ゴミの山の手前で、銭湯の板塀が左に折れている。すぐ突き当たりを右に進むと、ところどころ蓋の外れた側溝があって、その脇には生け垣みたいにして木が並んでいる。横に伸びた枝が板塀の上にまで覆《おお》い被《かぶ》さっていて、まるで秘密のトンネルみたいに見えた。

「けど、やっぱり行き止まりじゃん」

思わずひとりごとが漏れる。木のトンネルには出口がなかった。突き当たりには、通せんぼするみたいにして金属の格子が取りつけてあった。ごく目の細かいやつで、爪先を引っかけて上るのは、子供だって無理だ。

格子に近づいて見ると、その向こうはよく知っているバス通りだった。この道を真っ直ぐ行って横断歩道を渡ったところにおれの住む団地がある。こんなところにつながっていたのかと、ちょっとびっくりする。いや、出られないんだから、つながっているってわけじゃないのだけれど。

右手を見やると、生け垣の向こうに古ぼけた木造の家があった。

「……ボロいうち」

小さな声でつぶやく。すると、思いがけないところから反応があった。

「ボロくて悪かったですね」

声は真後ろからだった。

ぎょっとして振り向くと、今来たばかりの道（というか隙間）に、女の子が立っていた。しかも知った顔で、全然話したことのないクラスの女子である。

「なんで入ってきたの？　トオリヌケキンシって書いてあったでしょ？　字、読めないの？　バカじゃない？」

にくったらしい口調で女の子は言う。

「おめーだって入ってんじゃん」

「あずさはいいの」

きっぱり言われ、ここでようやく川本《かわもと》あずさ、という相手の名前を頭の中から引っ張り出した。

「ここ、おまえんち？」

「まあね」

あずさは素っ気なく答えながら、ぴょんと生け垣の隙間に飛び込んだ。後を追うと、目の前で水色のランドセルがカタリと揺れ、それは振り払うように下ろされ、どさりと縁側に投げ出された。

「ただいま」

その声に応じて出てきた人は、エプロンで手を拭きながら「あら、お友だち？」とどちらへともなく尋ねた。

お母さん……にしてはトシとってる感じ。でもわからない。ビックリするくらい若いお母さんもいれば、ものすごく老けたお父さんもいたりするから。

「同じクラス。田村陽《よう》くん」

紹介されて、おれは女の人に向かってアゴを突き出すようなへんなお辞儀をした。いちおう、あいさつのつもりだった。なんとか通じたらしく、女の人はにこにこ笑って、「はい、こんにちは」と言った。

「……バス通り、どこ？　出たいんだけど……」

口の中でもごもご言ったら、女の人は「おや」という顔をした。

「入り口に『トオリヌケキンシ』って書いてあったでしょう？　カタカナなら幼稚園児にも読めると思っていたけど、君には読めなかったのかな？」

「読んだけど……」

「ただ通り抜けたいだけなら、それは駄目。今きた道を戻りなさい。ただし、あずさのお友だちでお客さんなら話は別。ちゃんとおやつも出るし、帰るときにはちゃーんと表から出してあげるわ。さ、どっちにする？」

そう言って、女の人は悪い魔女みたいな笑みを浮かべた。

こういうときに、おやつを無視して回れ右できる小三男子は、あんまりいないのじゃないかと思う。

気がつくと、俺は川本あずさんちの縁側で、大福を口いっぱいに頬ばっていた。柔らかくて、アンコの甘さがとても優しい。それが女の人の手作りだと聞いてびっくりした。一緒に出してもらった麦茶も、よく冷えていて香りがよくて、とても美味しい。

少し離れたところで川本あずさがもくもくと大福を食べている。女の人が奥に引っ込んだのを見届けて、話しかけてみた。

「今の人、お母さん？」

「違う」

とだけ言って首を振る。そこで話は終わってしまった。

「じゃあ、おばあちゃん？」

そう聞くとやっと「そう」とうなずいた。

おれとしてはさっき女の人に言われた「あずさのお友だちでお客さん」という言葉が引っかかっていた。お友だちでお客さんなら、もう少し話をしなきゃならないんじゃなかろうか。これだれの会話で「じゃ、サヨナラ」と言ったら、今食べた大福返せと言われるような気がした。

「おまえんち、庭があっていいなあ」

そう言うと、あずさは「なんで？」という顔をした。

「ホラ、犬とか飼えんじゃん」

「そう？」

肩をすぼめるようにあずさは言い、また話が終わってしまった。

「あのさあ……」そうつぶやくように言いながら、一生懸命に他の話題を探した。「ホラ、今日、最後に出た宿題さ、あれ、わかった？」

「とうぜん。簡単」

あずさは胸を張る。何を偉そうにと思ったものの、この宿題、今日答えられなかった自分は次回に当たる確率がとても高いのだ。どうせなら答えを聞いておこうと思いついた。

「じゃあさ、教えてくんない？」

いちおう遠慮がちに、言ってみる。あずさはじっと俺を見て、それからふうとため息をつき、両手に付いた大福の粉をぱっぱと払い落としてから言った。

「あんなのもわかんないの？　バカじゃない？」

カチンとくるより早く、家の奥から声がかかった。

「お友だちに失礼なことを言うんじゃありませんよ」

あずさは軽く肩をすぼめ、また聞こえるようにため息をついた。

「わかった、教えてあげるよ。まず最初の問題ね」

「待って、ノート出す」

縁側に置いてあるランドセルをひっくり返し、理科のノートを取り出す。

「最初のカッコは『おもいどおり』、次は『おこらせ』、最後は『おもさ』。はい、これで終わり」

「おーすげー、ありがとう」

ちゃっちゃと書き込んでお礼を言う。やっかいな宿題だと思ってたものが、こんなに簡単に片づいて正直ありがたかった。

「どうもごちそうさま」

奥の女の人はおろか、目の前のあずさにすら聞こえないような声で、いちおう、つぶやいてみる。

「えーと、出口、どっち？」

ノートをしまったランドセルを背負い、立ち上がると奥から咎《とが》めるような声が聞こえた。

「あら、もう帰っちゃうの？」

「……寄り道したらいけないって、お母さんに……」

いつも言われてはいるものの、守ったことはほとんど無い。そっと振り返ると、すべてを見透かすような眼をしたおばあちゃんが立っていて、にやっと笑ってから言った。

「そう、それじゃお母さんに言っておけば、次は寄り道できるわね、ここに」

ううっとうなっているおれに、あずさが平坦な声で、「出口は右」とだけ言った。

2

次の理科の授業で、先生は「この間の宿題、ちゃんとやってきた？」と探るような眼で教室を見渡した。その眼がおれのところでぴたりと止まる。目を逸《そ》らしたくなるのをなんとか耐えて、その視線を受け止めた。今日は忘れずちゃーんとやってきているのだ。何も、うろたえることはないはずだった。たとえ当てられたところで……。

「じゃあ田村君、前に出て答えを書いてみて」

やっぱり当たってしまった。

落ち着け、落ち着け。答えはちゃんとわかっているんだから。考えようによってはラッキーだ。これでしばらくは当てられることはないだろうし、答えが全然わからないときに当てられるよりかはずっとマシ。

黒板の前に立ち、ちびたチョークをキコキコ鳴らしながら答えを書いた。

かげはたいようの（おもいどおり）にできる。

書き終えて先生を仰ぐと、眉間に薄い皺《しわ》を寄せながら「次のも書いてくれる？」と言った。

たいようを（おこらせ）るとかげができる。

「その次も」

少し怒ったような声で、先生は言った。

かげの（おもさ）はすべておなじ。

「や、そりゃ、同じだろうけどね……そもそも影には重さなんてないでしょ」呆れたように先生は言い、「はい、たいへんユニークな答えをありがとうございました」

突き放すように背中を押された。みんながゲラゲラと笑った。ふと、一番前にすわる川本あずさのノートが目に入った。

かげはたいようの（はんたいがわ）にできる。

たいようを（さえぎ）るとかげができる。

かげの（むき）はすべておなじ。

とてもきれいな文字で、そう書いてあった。

あずさはふと顔を上げ、にやりと笑って言った。

「だまされた、バーカ」

一言もなく、すごすごと席へ帰った。先生が、呆気にとられたようにぽかんとしていたが、やがて別の女子を指名した。答えはもちろん、あずさがノートに書いていたものと同じだった。


学校ではへらへらと笑い流して過ごしたものの、校門を出たあたりから、にわかにむかっ腹が立ってきた。なんだよ、めちゃくちゃタチ悪いぞ、あいつ。

ぜひともモンクを言ってやらねばいかんという気になった。気がつくと、「トオリヌケ　キンシ」の札の前に立っていた。文字の並びをきっとにらみつけてから、ずかずか「隙間」に踏み込んでやった。

一歩入るなり、通りの車の音だとか自転車のベルの音だとかが、ふっと遠くなる。まるで透明のガラス板で隔てたようだった。道とも呼べないような細い通路は、なんだか他の世界に通じる秘密の抜け道みたい。カタカタと、自分のランドセルが立てる音だけが響く。上を見上げると空が、まるで幅の狭い川のようにそこにある。一羽の鳥が、ひと声甲高く鳴いてそこを横切った。それを追って、白い雲がゆっくりと流れていく。

　木立に差しかかると、空は緑の屋根で覆い隠された。周囲は一段暗くなり、剝《む》き出しの土や手足やランドセルに、木漏れ日のドット模様がつるりつるりと滑り出す。風が頭上を柔らかに抜けていた。

「おや、また来てくれたの。こんにちは」

　声をかけられ、どこかへ飛びかけていた心を慌てて引き戻した。庭にかがみ込んで草むしりをしているのは、あずさのおばあちゃんだった。

「……こんにちは」

　自分にだけ聞こえるような声で言い、アゴをぐいと突き出した。相手はふっと笑ったようだった。

「どうしたの？　遊びに来たってわけじゃ、なさそうね」

「モンク言いに来た」

「あらどうして？」

　おばあちゃんは小首を傾げて、聞かれるままにおれは事の次第を説明した。相手は真面目な顔で聞いてはいたが、なんだか面白がっているふうでもあった。

「……なるほど、それは確かにあの子が悪いわね」

　聞き終えるなり断言してくれたので、ちょっとだけ胸がすっとした。

「陽くんが怒るのも無理ないわ。じゃあ、こうしましょう。今日も宿題は出ている？」

「算数のプリントが」

しかも裏表両面のやつだ。

「それじゃ、それをあの子にやらせましょう。陽くんは答えをそのまま写していいわ」

「ほんと？」

思わず聞き返した。川本あずさは百マス計算なんかでも終わるのがダントツで早い。しかも答えは正確だ。一番に先生のところに持って行き、「はい百点」といつも言われている。だからそのあずさの答えを写させてもらうということは、百点満点のプリントを先生に提出できるということなのだ。

「ほんとよ、ね、あずさ」

おれの肩越しにおばあちゃんは言い、振り向くと水色のランドセルを背負ったあずさが、いつの間にか立っていた。

「かんたんにダマされる方がバカなのよ」

憎々しげに顔を歪《ゆが》めるあずさに、おばあちゃんは鋭い声を上げた。

「あずさ」

「……わかった」

ふうとため息をついてから縁側にランドセルを下ろし、沓脱《くつぬ》ぎ石の上で運動靴を脱いだ。

「陽くんも上がってらっしゃいな。おやつを出して上げるから。カステラ、好き？　今日はジュースもあるわよ」

そう言われたとたん、ぐうとお腹が鳴った。今日の給食は魚を揚げて酸っぱい野菜のソースをかけたやつで、一口かじっただけで残してしまったのだ。大嫌いな魚だけでも難易度が高いのに、そこへ野菜入りのソースだなんて。いったい何を考えているんだと、このメニューが出てくるたびに腹立たしくなる。

だからこの際、カステラはとても魅力的だった。喉も渇いていたからジュースも飲みたかった。何よりお腹が鳴る音をしっかりおばあちゃんに聞かれたらしく、ころころと笑われた。もはや家に上がるのは確定だった。

出してもらったカステラを食べ終え、「お代わりは?」と聞かれてもう一切れもらい、ついでにジュースもお代わりしてすっかりきれいに食べ終えた頃、「はい」とあずさからプリントを突き出されてびっくりした。わかってはいたけれどやっぱり早い。おれなら小一時間はかかるところだ(その間にそこらのおもちゃで遊んだりラクガキしたりテレビをつけたりするせいだけど)。

「おーすげー、ありがとう」

受け取って、ひたすら書き写す。答えを書けばいいだけなので、本当にあっという間に終わってしまった。

「じゃ、サヨナラ」

プリントをしまいながら小声で言うと、おばあちゃんに「ゲンキンな子ねえ」と笑われた。

「次は、もうちょっと長くいなさい、ね」

念を押すように言われ、曖昧《あいまい》にうなずいた。そのまま靴を履き、逃げるようにダッシュする。もう帰り道はわかっている。木造の平屋をぐるりとまわるとバス通りに面した門がある。門からはけっこう距離があり、松や何かがたくさん植わっている。無駄に広い庭だと、改めて思う。

通りからはひたすらまっすぐだ。途中で信号を渡り、古びた団地にたどり着く。B棟の三〇二号室がおれんちだ。ランドセルの内ポケットから細いチェーンにつながれた鍵を取り出し、ドアを開ける。

おれんちは両親が共働きだから、二年生までは学童保育に行っていた。だけど、三年になったときにやめた。仲が良かった男子が次々やめてしまったこともある。先生や口うるさい女子から注意ばっかりされていて、嫌になってしまったってこともある。

家でおやつを食べたり、ゲームをしている方が、ずっと気楽だった。

だけど、誰もいない空間に向かって「ただいま」とつぶやいたとき、川本んちにもう少しくらいはいても良かったかもと、ちょっとだけ思った。

3

次の日の算数の時間。

その日は宿題プリントの丸つけは自分でやる方式で、端から順に立って答えを言っていくように言われた。

このやり方の時に、ドキドキしながら自分の番を待たなくて良いのは久しぶりだった。なにしろ全部合っている。痛快なほどに合っている。さすがだ、と思い、俺は一番前の席に坐《すわ》った川本に向かって、心の中で手を合わせたりしていた……なんともお人好しなことに。

「はい次、田村君」

先生からそう言われ、おれは立ち上がって堂々と答えた。

「5」

すると間髪を入れず、周りから声が上がった。

「ちがーう、3だよ」

「そうね、正解は3ですね。じゃ、次。大崎さん」

おれはあんぐりと口を開け、プリントをにらみつけていた。

大崎さんが答えた次の問題は、ちゃんと合っていた。その次も、その次も。要するに、おれが答えたところだけが間違っていたのだ。

けれどそのときはまだ、さすがに偶然だと思っていた。丸つけが終わり、先生から「一番後ろの人、プリント集めて」の声がかかる。のったり立ち上がり、順番に集めて教壇の前に行く。一番上に載ったプリントを見て、「え?」と思った。川本あずさと書かれたその宿題プリントは、全問正解の百点だった。

思わずその持ち主を見やると、川本あずさはまともにおれを見返して言った。

「見直しくらい自分でやれ、バーカ」

それから、こらえきれないというように声を立てて笑った。

その日の放課後、おれは猛然とあの狭い通路を歩いていた。信じられないことに、川本あずさはわざとやっていたのだ。いつものように先生が端から順に当てていった場合、あの問題をおれが答えると、最初から計算した上で。しかも自分の解答だけはちゃっかり後で直していた。あまりといえば、あんまりな仕打ちである。

だいたいこれは、最初の件のお詫びだったのじゃないのか？　これじゃお詫びどころか、追い打ちじゃないか。

ムカムカしながら歩いていたら、あっという間にあずさの家に着いた。ちょうどおばあちゃんが庭の洗濯物を取り込んでいるところだった。

「あら、ちょうどいい。これ持っててちょうだいな」

大きな洗濯カゴを渡され、乾いた洗濯物をぽんぽん放り込んでいくおばあちゃんについて歩きながら、その日の一件を言いつけてやった。ふんふんと聞いていたおばあちゃんは、最後に「ありがとね」とカゴを受け取ってから重々しく言った。

「そりゃあ確かに、あの子が悪いね。でも……」縁側に向かって歩きながら、ひょいと振り返って笑った。「なぜあの子に直接文句を言わないの、学校で？」

「……それは」

うつむいて爪先《つまさき》あたりを見ながら、わかってないな、とはがゆく思う。

学校であずさと話したくないからに決まってるじゃないか。あずさに限らず、下手に女子と話したりしたら「ラブだー！」なんてはやし立てられたりすることがあるのだ。特に、極端におとなしい（て言うか学校でしゃべっているのを聞いたことがない）あずさと、何となくみんなから軽んじられている感じの自分、なんて組み合わせは、おかしな注目を浴びやすい。いったん注目されてしまえば、数人がかりでからかわれるのはもう決定みたいなものだ。

「今日はお母さんに言ってきたの？」

幸い、おばあちゃんはそれ以上追及することはなく、洗濯物を縁側で畳みながら呑気な声で聞いてきた。

「うち、トモカセギだから……お母さん七時頃まで帰ってこない」

「そう、じゃ、今日の宿題は何？」

「漢字の書き取り」

「じゃ、自分でやるしかないね。どうせなら、ここでやっちゃいなさいな。これを畳み終えたら、おぜんざいを作ってあげるから。甘くて熱々で白玉入れてね、おいしいわよ」

そう言われてしまうと、ぜんざいを食べたくてたまらなくなった。それでいそいそと縁側に上がり、ランドセルから漢字ドリルを取り出していると、なぜかおばあちゃんがくすりと笑った。なんだ？　とそっちを見やると急に真面目な顔になり、

「それはそうと、あずさは遅いわねえ。どうしたのかしら？」

と首を傾げた。そのタイミングを待っていたように、木立の通路を抜けてこちらへ来るあずさが見えた。腕に小さな段ボール箱を抱えている。おれを見つけてその口許《くちもと》をわずかにゆがめたもののの、まるきり無視しておばあちゃんの方にだけ箱を差し出した。ムキになっておれも一緒にの

ぞき込む。その瞬間、中から「クゥーン」という声が聞こえて仰《の》け反《ぞ》るほど驚いた。それは、両方の手のひらに乗るほどに小さな、薄茶色の子犬だった。

「拾った」

必要最低限の説明をして、そのままぼうっと突っ立っている。おばあちゃんはさすがに驚いた顔をして、「あらまあ、ちょっと待ってなさい」とバタバタあちこちの物入れをかき回し始めた。しばらくして子犬は、おばあちゃんの膝の上に乗り、温めたミルクをほ乳瓶で飲ませてもらった。必死でゴムの乳首に吸いつく犬を見て、おれは何だか胸が苦しいような痛いような、へんな気持ちになった。

「ねえ、こいつ、飼うの？」

「さあ、どうしようかしらねえ」

困ったようにおばあちゃんは言った。

「ここで飼って、お願い」

すると傍《かたわ》らであずさまで言い出した。

「お願い、飼って」

おばあちゃんは交互におれたちを見比べ、「二人でちゃんとお世話できるなら、ね」と言った。おれたちは同時にすごい勢いでうなずき、「できる」と叫んだ。その様子が面白かったのか、おばあちゃんはおかしそうに笑っていた。

結局その日は突然やってきた子犬に心を奪われてしまい、あずさに文句を言うことをすっかり忘れていた。後で思い出したけど、もうそんなことはどうでも良かった。

次の日、おれは我慢できずに学校であずさに話しかけていた。

「あの犬……どうしてる？」

あずさは目を見開き、しばらくしてから小声で言った。

「元気」

「名前、なんてつけた？」

あずさはしばらく考えていたが、やがて生真面目な顔で言った。

「まだ。だから、一緒に考えよう」

耳を疑うとはこのことだろう。いいの、と確認するとこっくりとうなずく。

「おーすげー、ありがとう」

その場でぴょんぴょん飛び上がりたいくらい、嬉しかった。あずさもつられたように、にっこり笑った。周りで何人かの男子や女子が見ていたけれど、誰一人、「ラブだー」なんてはやし立てたりはしなかった。

4

トオリヌケ　キンシ

――ここのところ、よくあの頃の夢を見る。

おれはあの「トオリヌケ　キンシ」と書かれた札を尻目に、細い隙間のような道に入り込む。廃業した銭湯の板塀と、古いマンションの薄汚れた壁にはさまれて、おれは息が詰まりそうになっている。せまっくるしいトンネルみたいな道を、おれはひたすら歩いている。

けれど歩いても、歩いても、歩いても……あずさの家にはたどり着かないのだ。

目が覚めて、自分の目尻にうっすらと涙がにじんでいるのに気づく。

中学に上がるのを機に、おれの両親は念願の一戸建てを購入した。今まで住んでいた場所からは、電車で五駅ほど離れている。駅からさらにバスを使うので、両親は「家は嬉しいけど通勤が不便になった」とぼやいていた。

それからおれはその家から通える高校に合格し、さらに一年ほど経った。ある時を境に、おれは学校に行けなくなった。そればかりか、家から一歩も出られなくなった。人に会うことが、怖くてたまらなくなった。母親は泣き、父親は怒り、力ずくで病院に連れて行こうとした。おれは抵抗し、暴れた。訪ねてくる人間に対しては、部屋に鍵を掛けてひたすら閉じこもった。

「今は様子を見るしかないか」腹立たしげに父は言い、「こんなことになるなら、家なんて買うんじゃなかった」と母はまた泣いた。

その部屋に引きこもってからちょうど一年経った頃、おれに「客」がやって来た。

「誰にも会わない」

おれはドア越しに、いつものセリフを繰り返す。ところが母親の態度はいつもとは違っていた。

「会いなさい」ここ何年も聞いたことがないような毅然《きぜん》とした口調で、母は言った。「お母さんも、今その方とお話ししました。あなたは、会わなくちゃ駄目なのよ」

「嫌だってば。どんな人間だろうと、誰にも会いたくない、会わないって言ってるだろ」

「——人間じゃなければ？」

ドア越しに、若い女の子の声がした。おれははっと身を硬くする。いつか、どこかで、聞いた声のような気がしたのだ。声は、たたみかけるように言った。

「ポチにならば、会いたいんじゃない？」

その瞬間、おれは泣きそうになった。それはおれと一人の女の子とで、散々悩み、延々と考えた挙げ句の果てにたどり着いた犬の名前……ありふれて平凡極まりないけれども、この上ない気持ちのこもった名前だったから。

「……川本……あずさ？」

錆《さ》び付いた声で、ようやく言う。

「やっと気づいたか、バーカ」

にくったらしい口調で相手は言い、ああ、間違いなくあずさだと思った。

「なんで？」

混乱する頭を抱えながら、おれは呻《うめ》くように言った。川本あずさと学校でしゃべったり、犬に会いに家に行ったり、ついでにそこでおやつを食べたり宿題をしたりしたのは、せいぜい小学校四年生くらいまでのことだ。その後はクラスも離れたし、お互い塾やら同性の友だちとの付き合いやらで忙しくなり、自然と疎遠になってしまった。卒業してからはおれが引っ越したこともあり、一度も会っていない。年賀状のやり取りさえしていない。なのになぜ、今頃になって川本あずさがやってくる？　わけがわからなかった。

「このままでいいから、話を聞いて」

そう言われても、いいとも悪いとも答えられない。あずさはかまわずに続けた。

「こないだ小学校の同窓会があってね、それで陽くんのこと、聞いたよ」

そう言われ、途端にひどくささくれた気持ちになった。

「だから、ナニ。おれが引きこもってるって、みんなが知ってて噂してるって、わざわざ教えに来てくれたの。それとも……」どんどん意地悪な口調になるのを、どうしてもとめられなかった。

「川本が何かしてくれんの？　手ぇつないで、お外へ出かけましょって？」

「陽くんがそうしたいなら。でも違うよね。あのね、私は昔、陽くんに助けてもらった。本当に、救われたの。だからって今、私が陽くんに同じことができるなんて思わない。そうできればいいなって思うけど……」

「何言ってんだよ。おれはおまえを助けたことなんてねえよ。救ったって、何、それ。他の誰かと間違えてんじゃないの？」

「間違えてないよ」くっきりとした声で、あずさは言った。「私は子供の頃、出口のない道を歩いていたの。とても苦しかった。学校に行くのが嫌で仕方がなかった……ちょうど今の陽くんみたいにね。でも、陽くんがあの家に来てくれたときから、それが変わったの。本当に、真っ暗闇からぱっと昼間の世界に飛びだしたくらいに変わったの。担任の先生も病院の先生も驚くくらいに」

おれは当惑しながら相手の話を聞いていた。当時の川本あずさが、本人が言うような劇的な変化を遂げたとは全然思えなかったから。

「陽くんは知らないの。あなたが私にどれだけのことをしてくれたか、なんて。あのね、場面緘《かん》黙症《もくしょう》って言葉、聞いたことある？　ないわよね、今でも、あまり知られていないみたいだから。とにかく、私もそれだった。生まれてからあの頃までずっと、家以外の場所ではまったくしゃべれない女の子だったのよ。しゃべらないんじゃないの、しゃべれないの。どんなに話しかけられても、無理なものは無理なの。先生だけはそのことを知っていたから、無理に私にしゃべらせるようなことはしなかった。クラスメイトたちは、私のことを極端におとなしい子とか、全然しゃべらない変な子くらいにしか思っていなかったんじゃないかな」


『だまされた、バーカ』


ふいにおれの中で、にくったらしい女の子の声がこだまする。あのとき傍らで、先生がびっくりしたような顔をしていた。あれは普段おとなしい子が乱暴な口をきいたからじゃなくて……。

「……私は、陽くんのおかげで出口を見つけたの」あずさは一人、話し続けていた。「ポチはね、本当は捨て犬じゃなかったの。全部計画的だったの。おばあちゃんがね、近所の人からわざわざもらう約束をしてきたの。それをあの日、私が寄り道してもらいに行ってたの。その前に陽くんが、犬を飼いたいようなことを言っていたから。陽くんがまた、うちに来てくれるようにって。本当にそうなって、おかげで、陽くんとなら、学校でも話せるようになったわ。そのうちに、他の人ともしゃべれるようになった。今じゃ、初めてお邪魔するおうちで、こんなにたくさん話せるようになったよ」

おれはただ、黙ってあずさの話を聞いていた。なんと言って良いか、わからなかった。

全然、そんな、感謝してもらえるようなことをしたわけじゃない。ただ、文句を言いたいとか、おやつが食べたいとか、子犬に会いたいとか。まったく呆れるほどに自分本位な欲求でしかなかった。もし当時、あずさの抱えた問題について、先生なりおばあちゃんなりから聞かされていたとしたらどうだろう？

ひょっとすると、えいっと投げ出したくなっていたかもしれない。自分の理解を遥かに超えた、重たすぎるような話に辟易《へきえき》して。

そこまで考えて、おれは自分を笑いたくなった。おれの今の情況だって、他人から見れば重たくて、近寄りたくもないような代物じゃないか？

「……で？」ようやくおれはかすれた声を喉から引きずり出した。「結局、何しに来たわけ？」

ドアの向こうは、しんと静まりかえった。焦《じ》れったいような時間が流れ、やがて廊下に「クゥーン」という鳴き声が響いた。とたんに胸がカッと熱くなる。

「……そこにいるの……何？」

「ポチの孫」

明瞭で短い答えが返ってきた。

「名前……なんての？」

「まだないよ。これから二人でつけようと思って」

「……なんでおれが」

「『おーすげー、ありがとう』じゃないの？」笑いを含んだ声であずさが言う。「名前つけるの、当たり前でしょ。これから陽くんが飼うんだから」

そう言われ、一度にいろんなことが頭の中に渦巻いた。この家に引っ越してきて、「犬を飼いたい」と伝えたら「近所迷惑だし、世話できないだろう」と両親から頭ごなしに言われたこと。高校二年の時、仲が良いと思い込んでいた友だちを些細《ささい》なことで怒らせ、以来陰湿な嫌がらせを受けるようになったこと。まるで太陽みたいに陽気で、裏表のないヤツだと思っていたのに……。『太陽を怒らせると影ができる』なんてフレーズを、突如《とつじょ》思い出したりもしたこと。最低の噂を流され、皆がそれをすんなり信じてしまったこと。しまいには、学校だけでなく行き会うすべての人間から、「おまえは最低だよ」という眼で見られるようになったこと……。

そんなのは自意識過剰の思い過ごしだとわかっていても。それでも苦しかった。辛かった。他の誰よりも、弱い自分が嫌いでたまらなかった。

「無理、だよ」

そうおれが言うのにかぶせるように、「無理じゃない」とあずさが言った。「この子はまだ小さいから、散歩が必要になるまでもう少しかかる。必要になってからだって、うんと朝早くでも、夜遅くても、ほんの少しだけでも外に出ればいいじゃない」

「……だけど」

「バーカ、バーカ、ほんとにバーカ」心底むかつく口調で、ドアの向こうのあずさは言った。「飼いたかったんでしょ、ずっと。今は誰も駄目って言ってないのに、今度は自分で駄目だと決めるの？　相変わらずバカなんだから。もういいよ、強行突破、えい」

ドアノブのところでカチリと音がして、鍵が外れてしまった。それは外からコインで開けてしまえるような、ごくちゃっちい鍵でしかなかったから。

細めに開けられた隙間から、薄茶色の子犬がよたよた入ってきた。思わず手を差し伸べて、抱き上げる。その瞬間、自分がそれをどれほど欲しがっていたかわかった。

こちらを真っ直ぐ見上げてくる丸い眼に、柔らかな毛並みに、ぬくぬくと温かな、確かな重み……。

「あのね、いいこと教えてあげる」ドアの向こうの女の子は言った。「ポチはまだ、生きているよ。おばあちゃんも元気で、私と一緒にまだあの家に住んでる。だから、いつかその子と一緒にまた遊びに来てよ……あの道を通って」

トオリヌケキンシのあの道を？

「ただし」いたずらっぽい笑い声の後で、あずさはつけ加えた。「おばあちゃんが言ってたよ。ポチも私もトシだから、そういつまでも待ってはいられませんよって」

いつの間にか、おれの両頬を涙が伝い落ちていた。手の甲に落ちた一粒を、子犬がぺろりとなめ取ってくれた。

たとえ行き止まりの袋小路に見えたとしても。根気よく探せば、どこかへ抜け道があったりする。目の前を塞《ふさ》ぐ扉は、硬貨一枚で開いてしまったりもする。それがどこへつながっているかは、誰にもわからないことだけれども。

おれは涙に濡れた顔を上げ、この場にもっともふさわしい、お礼の言葉を口にした。

「――おー、すげ……ありがとう」

ドアの向こうで軽やかな笑い声が聞こえ、膝の上の子犬が甘えるようにひと声鳴いた。

平穏で平凡で、幸運な人生

1

コンタクトレンズを入れたら、また、〈声〉が聞こえるようになった。

幼い頃の私は、確かに超能力者だったと母は言う。そうとしか思えない、不思議な力があったのだと。

ようやく自分の足で歩き始めたばかり、という時期。街の小児科に連れて行かれた私は、一冊だけ残っていた絵本を目の前に広げられた。細かくびっしり描き込まれた人物の中から主人公を探し出す、あの有名なシリーズだ。

「さあ、この人はどこにいるのかなー?」

陽気に誘うように言いながら、しかし母はもちろん、我が子の正確な答えなど求めてはいなかった。ほとんど赤ん坊のような子供に、この絵本の趣旨が理解できるはずもない。だから母は自分でかの人物を探し始め、しかしまだ見開きページのほんの一部分しか探し終えていないときに、私がとんとある箇所を指し示したのだという。

「あらあら、お利口さんねー、もう見つけたのー」

優しく声をかけつつ、娘の指差す先を見やって驚いた。そこにはまさに、目指す人物が「やあ」とばかり右手を挙げていたのだから。

偶然だ、と母は思ったそうだ……このときには、まだ。

けれど次のページも、その次のページも、無数に描かれた人物の中から私は目指す主人公をすぐさま探し出して見せた。「この子は天才だ」と母はたいそう興奮したそうだ。

しかしその後、私は言葉を話し始めるのも、文字を覚えるのも、特に早いということはなかった。むしろどっちかと言えば遅いかな、という程度。天才のきらめきも、目立った才能も、ついぞ見せることはなかった。強いて言えば、幼児用のジグソーパズルはやたらと得意だった。箱の中から無造作に取り上げた一枚を、まったく迷うことなくそのままひょいと台紙にはめ込んでいく。描かれた絵とは無関係に、いきなり空の青い一片をとんと置いたりする。

「やっぱりこの子は天才なのかも」と母は意を強くしたそうだけれど、小学生くらいになって、もっとピースの数が多いパズルを買い与え、首を傾《かし》げた。かつて見せた驚くほどのスピードも閃《ひらめ》きも、かけらも現れなくなり、縁の部分がぐるりと完成したあたりで、あろうことか飽きて投げ出してしまった。

「だけど、他にもまだあるの」と母は言う。

「公園に連れて行くとね、びっくりするくらいの勢いで見つけてきたのよ、四つ葉のクローバーを。幼稚園年少の頃からよ。ほんのちょっとの間にね、はいママあげるって、十本ほども渡されて、ほんとにびっくりしたわ。四つ葉のクローバーなんて、普通はそんなにひょいひょい見つかるものじゃないでしょう？　これは間違いなく神童だと思ったわよ」

こんな感じで、これらのエピソードはくどいほどに繰り返し、聞かされた。どのパターンの話だろうと、お終《しま》いはお決まりの一点に集約される。

——だからあなたはやればできる子なのよ、そのはずなのよ、と。

昔神童、二十歳過ぎればと言うけれど、ハタチになるはるか前、中学生の頃には私はただの、普通の、いや、どっちかと言えば平均以下の女の子になっていた。

勉強は中の下、体育は普通、音楽や美術や家庭科は、特に得意でも好きでもなかった。さらにつけ加えるなら、中肉中背、可愛いわけでも不細工なわけでもない。無個性ここに極まれりって感じ。

そうして私は地元では中の下クラスの公立校に進学し、いたって平凡な女子高生となった。母は未だに諦められないのか、「保護者会で聞いたんだけど、あなたの学校からでもT大に行った卒業生がいるんですってよ。あなただって頑張れば……」なんてことを言ってくる。

「それっていつの話よ。少なくとも、過去三年分の卒業生進路先一覧には、そんな情報載ってなかったよ」と流しておいた。私の成績表を見ているくせに、どうしてそんな無茶で無謀な夢を描けるのだろう。

友達のタカちゃんに話したら、すごく受けた。実際に、「超受けるー」とも言われた。

「うちの学校で一番でも、T大とか無理じゃね？　そもそもあんたの成績でそんな夢見られるとか、親ってのは馬鹿だよねー」

あっはっは、と豪快に笑われて、カチンときた。タカちゃんはいつも口が悪いのだ。ちょっとムッとしていると、他の子が取りなすように言った。

「あっ、でもさー、サワちん、すごい才能あるじゃん。こないだディズニーランドでさー」

「えー、何々？」

タカちゃんが首を傾げると、他の子も乗ってくる。

「ああ、あれは超ヤバかった。あんたあんとき、都合が悪くて行けなかったんだっけ。この子ねー、隠れミッキー見つけまくりだったんよ。一つ二つじゃなくてね、歩きながらずっと、あ、あった、あそこにも、とか言ってんの。そこら辺にある樹の葉っぱとかもね、いきなりふいっと指差して、ほらあそこにもって。そんなのフツー見つける？」

「ほとんど超能力だよねー。そんな、すごい探してるって感じじゃなくって、フツーに歩いててだもんね。乗り物に乗ってるときだって関係なく見つけるし」

「えー、なに、サワってそんな視力良かったっけ？」

「全然だよ。もう小学生の頃からど近眼でさ、でもそこはホラ、乙女じゃない？　眼鏡は授業中にどうしても黒板の字が読めないときだけかけてたんだけど、もう限界で、高校からはコンタクトデビューしたってわけ」

「そんな、ふんぞり返って言うような内容じゃなくね？」タカちゃんからポンポンと頭を叩かれる。「でもまあ、隠れミッキー探しはすごいっちゃすごいか……あんまり意味の無い特技だけど。何か、コツとかあるわけ？」

「コツって言うかさあ、何か〈声〉が聞こえるんだよね」

「声？」

友人たちの声が重なる。うん、と私はうなずき、「ミッキーが私を呼ぶ声」

怖っ、ホラーじゃん、とか何とか、皆がどよめく。その時、明後日《あさって》の方角から全然別の声が落ちてきた。

「――それはキョウカンカクですね」

男の声である。私たちの、常に半分くらいは笑いを含んだ声とはまるで違う、何の感情も込められていないような淡々としたしゃべり方だった。

皆でいっせいに振り向くと、そこに生物の葉山《はやま》先生が立っていた。

「……え、キョ、なに？」

思わず聞き返すと、先生は平坦な声で「授業です。席について下さい」と言った。

前置きも何もなく、先生はＡＴＰに関する説明を始めた。

「生体内でのエネルギーを用いた有機物合成を同化《どうか》、有機物分解によるエネルギー生産を異化《いか》といいます」

テキストそのままみたいな説明だけど、もうまるっきりわからない。ＡＴＰはアデノシン三リン酸のことで、それは生体内に於《お》けるエネルギー貯蔵物質で、その構造はアデニンとリボースと……。

何だか頭が痛くなってきた。これを覚えて、今後私の人生に何か役立つことがあるんだろうか……生物に限らず、ほとんどの授業全般で、そんなことばかり考えてしまう。

先生が板書した文字のうち、同化と異化という部分をぼんやり眺めていたら、思考はどんどん、関係ない方向へずれていった。同化って言うと、ぴっしり同じ形の物が並んでいるイメージ。たとえば蜂の巣みたいな。そして異化は、その中に紛れ込んだたったひとつの異形。蜂の巣の六角形の中に、星形がまざっていたとしたら？　それは運動会の玉入れで、白組のカゴに紛れ込んだ赤玉みたいに目立つ……少なくとも、私にとっては。だってまるで本当に、私を呼んでいるみたいなんだもの。ディズニーランドの隠れミッキーとか。一面のクローバーの中の、ほんのわずかな四つ葉とか。

そう、確かに私は〈声〉を聞いていた。友達とディズニーランドに行ったときも、幼い頃、四つ葉のクローバーを探したときも。たぶん、ジグソーパズルをしたときも、絵本を見たときにも。

確かに〈声〉は私を呼んだのだ――。

「……澤木《さわき》さん」

突然名前を呼ばれて、びくんと肩が上がる。

黒板の前で、葉山先生が咎《とが》める目で私を見ていた。

「今の質問に、答えて下さい」

続けて促《うなが》され、焦《あせ》ったものの、ここは正直に言うしかない。

「……すみません、質問を聞いていませんでした」

「なぜですか？」

「つい、うっかり」

別にふざけたつもりもなかったけれど、クラスの皆がどっと笑った。

先生はにこりともせず、そうですか、と言った。

「では昼休み、職員室まで来て下さい。宿題のプリントを渡しますので、皆に配っておいて下さい……持ってくるのを忘れたもので……つい、うっかり」

皆は少し笑ったが、葉山先生は真顔である。私はさすがに笑うわけにもいかず、ただ「はい」と答えた。そして先生の顔をまじまじと見て、ああ、この人はこんな顔をしていたんだと、初めて思った。

2

葉山先生は、一言で言って〈薄い〉感じの顔をしていた。彫りの深い、バタ臭い顔を〈濃い〉と呼ぶ、その反対の意味ではない。何だか影が薄くて、幸も薄そうだ。眉も男性としては薄いし、体つきも薄べったい。女子校でなら若いというだけでそこそこモテると聞くけれど、生憎《あいにく》うちは共学だ。

お弁当をいつもより忙《せわ》しなく食べてから、職員室に向かった。職員室は小学生の頃から一貫して苦手だ。そっとドアを開けて、ぐるっと奥の方から見渡していたら、思いがけず近くの方で葉山先生が顔を上げた。先生は「ああ」という顔をして、引き出しからプリントの束《たば》を取りだした。

「よろしくお願いします」

生徒に対しているにしては、やけに丁寧な言葉遣いで先生は言う。

「あの、先生」プリントを受け取りながら、思い切って切り出してみた。「さっき、私のことで何か言ってましたよね。キョウなんとかだって」

「共感覚《きようかんかく》ですね。共通の共に、感覚神経の感覚と書きます」葉山先生は眼鏡の縁を持ち上げ、位置を微調整した。「ある刺激に対して、通常とは異なる感覚を生じる特殊な知覚現象のことをそう呼びます」

私の、まったくわけがわからない、という表情に気づいたのだろう、先生は授業のような口調のまま、補足説明をしてくれた。

「僕も詳しくはないのですが、そうした人間が一定数存在することは、わりあい広く知られています。その中でも多いのが、数字に色がついているように見えるというケースです」

「えっと、それは……カラー印刷とか、そういうのではなくて？」

「違います。黒い文字だろうと、黒板にチョークの文字だろうと、です。例えば、数字の1が赤、2が黄色、3が青、といった具合です」

やはりわけがわからない。

「他の人には見えない色が、見えちゃうってことですか……そうすると、その人は青い色で印刷された1の字は、何色に見えるんでしょうね？」

「さあ……それは当事者でないとわからないですね」生真面目に答えてから、葉山先生はつけ加えた。「それに、今のはあくまでも例えで、色の見え方と文字の関係も、人によって違うようですし。数字ではなく、ひらがなの文字や、漢字やアルファベットが色づいて見える人もいるようです。他にも、音が色を誘発するタイプや、触覚が特定の感情を誘発するタイプなどもあるようです」

そう説明されても、正直私には難しく、なかなか理解できなかった。

「あのそれは……病気ですか？」

そっと尋ねると、先生はゆっくり首を振った。

「それは適切な表現とは言えないですね。共感覚を持つ人は、芸術方面に秀《ひい》でた者が多いと言われています。有名な画家や音楽家や詩人など、各方面に共感覚を持っていたであろうと言われている人がいます」

「それじゃ、超能力みたいなものですか？」

「その表現も適切ではないですが、ひとつの能力であることは間違いないでしょう」

「能力……じゃ、色覚異常とか、そういうのとも違うわけですね」

「違います。ただ、色覚異常についてはよく思うのですが、もし人類すべてが同様であったなら、それは特に異常と呼ばれることもなく、世界がそういうものとして認識されていたでしょうね。

現に動物や昆虫の眼から見えている世界は、人間が見ている世界とはそれぞれずいぶん違っているようです。同列には語れませんが、共感覚の持ち主も、通常よりも少しだけカラフルな世界を見ているだけとも言えますね」

ほうっとため息が漏れた。それは、授業の時のうんざり感から出てくる吐息とは、まるで違っていた。

先生の小難しい話を完全に理解できたわけではない。けれど、わからないなりに何だかすごく面白いと思ったのだ。

「人間が見ている世界は、みんな同じだと思っていました」

「厳密に言えば、他者と同じ世界を見ることは、あり得ないのです」あくまで淡々と、先生は説明を続ける。「視覚というものは個々の目を受容器とする感覚です。それぞれの網膜《もうまく》の感覚細胞に対する刺激によって生ずる感覚である以上、人の数だけ違った世界があると言えるかもしれません。見える風景に限らず、匂いも、音も、手触りも、それから味も、自分以外の人間がどんなふうに受け止めているかは、わかりようもないことです……感覚とは、極めて主観的なものですから」

そう言いながら、先生はとても興味深そうに私を見やった。

「澤井さん」

「あ、澤木です」

小さく訂正すると、先生は少し気まずそうに、にやっと笑った。

「や、失礼。澤木さんも、ずいぶん面白い世界を見ていますね。視覚の中でも形態覚《けいたいかく》と聴覚とが結びついたケースと言えるんじゃないかな」

「えーと、あの、それはつまり……」

「声が聞こえた、と言っていましたよね、隠れミッキーがあなたを呼ぶ声が。僕も昔ディズニーランドには行ったことがありますが、あの隠れミッキーってやつは、ちゃんとその気になって探さないと、なかなか見つけられるものじゃないですよね、普通は」

「……先生もディズニーランドなんか行くんですね」

すごくミスマッチに思えておかしかったのでそう言ったけれど、さらりと流された。

「隠れミッキーの件は、コンタクトレンズを使い始めたことと無関係ではないでしょうね」

「そんな前から話を聞いていたんですか」

立ち聞きじゃんと思いつつ、少し声に非難をにじませてやる。先生は重々しくうなずいた。

「なかなか興味深い話でした。もしかして澤木さんは、視力が落ちる前……子供の頃にも、何か似たような特殊な能力を発揮していたのではないですか？」

そう質問されて、思わずあっと声が出る。興奮のあまり、声をもつれさせながら、母から散々聞かされたエピソードを伝えると、葉山先生はまた、なかなか興味深いですねと繰り返した。

「しかし当然と言えば当然ですね。あくまでも眼から入った情報による刺激によって、〈声〉という形で音が誘発されているわけですから、視力の低下によって視覚情報量が減少すれば、〈声〉もまた聞こえなくなる道理です。実に興味深い。こうなると、音が色を誘発するケースなども、聴力が落ちると共感覚そのものが消える可能性が高いでしょうね。当然と言えば当然でしょうが、しかし実に興味深い」

先生は「興味深い」を連発し、少し嬉しそうに見える。

「ええっと、そうすると、私がコンタクトレンズをすることで共感覚が戻ってきたみたいに、耳が遠くなっちゃっていったん消えた共感覚も、補聴器をつけることでまた戻ってくるかもしれない、ということですね」

「そういうことになりますね、あくまでも推論ですが」

よくできました、というように微笑まれ、嬉しくなった。

「あの、それで、さっき言ってた私の、ケータイがどうとかって……」

「形態覚。視覚の中でも、物の形を認識する部分のことです。他には運動覚、色覚、明暗覚などがあります。共感覚の中でも、たくさんの同型の中から、わずかな異型を探し出し、それを音によって認識するタイプは、おそらくレアケースだと思うのですが、澤木さんの場合さらに特殊ですね。特定の形を探し出し、それを〈声〉によって知らせる能力……と言えばいいんでしょうか。なかなか興味深いケースです」

「でもー、先生。こんなしょぼい特技、あってもなくても変わらなくないですか？　どうせならもっと役に立つ能力が欲しかったな」

冗談っぽく愚痴《ぐち》ってみると、先生はとても意外そうな顔をした。

「おや、なぜですか？　とても羨《うらや》ましい特別な力だと思いますが」

なぜだか、心臓が大きくはねた。私はへらりと笑って、わざとみたいに声のトーンを高くした。

「えー、先生なら、どんなふうに活用するんですか？」

「新種の昆虫を発見しますね」

即答だった。

「昆虫、好きなんですか？」

まあ、生物教師だしね、意外じゃない。先生は嬉しそうにうなずいた。

「大好きですね。高校時代のあだ名は、ファーブルでした」

そのあだ名が誇らしいのだということが、よくわかる表情だった。

「新種の昆虫って、そんなにいるんですか？　私でも見つけられますか？」

発見できたら、新聞とか、載っちゃうんだろうか。わくわくしながら尋ねたら、先生は大きくうなずいた。

「澤木さんならできるかもしれませんね。その地域に生息している昆虫を全部記憶して、微妙に形や色が違う個体がいれば、新種かもしれませんよ」

えーっと思う。

「記憶って、例えば昆虫図鑑に載ってる写真を丸暗記ってことですか。絶対無理……」

ぼやくように言うと、先生は「意外とできるものですよ」と事《こと》も無《な》げに言ってくれた。「人間、好きな物や興味のある物のことに対しては、人並み外れた記憶力を発揮するものですから」

ふうとため息が漏れる。

私は別に虫は好きじゃない。むしろ、嫌いだ。特にゴキブリとか毛虫とかは、この世から消えて欲しいと思っている。

そもそもの記憶力が悪いのに、嫌いな物なんて覚えられるわけがない。

「……やっぱり私には無理そうです」

自分で言ってて、しょんぼりする。

もしかしたら、何かすごい取り柄があるのかもと思って、ちょっと期待して聞きに来たのだけれど。やっぱり世の中そんなに甘くはない。

「――質問は終わりましたか？」

きっと少し哀しげだったに違いない私にはお構いなく、さっさと終わらせろとばかりに葉山先生は言った。それは仕方がない。思ったより長話になってしまい、昼休みはもう残りわずかだった。

仕方ない、と思いつつ、けれど私は意地悪な気分になり、「あと、もう一つだけ」と言った。

「ディズニーランドには、誰と行ったんですか、先生？」

きょとんとする先生に、追い打ちをかける。

「彼女でしょ」

すると見る間に先生の顔は、面白いほど真っ赤になって、違います違いますと繰り返した。

「高校の卒業記念に、クラスの友達と行ったんですよ……男ばっかり、五人でね」

必死になって、言いつのる。そんなに生真面目に否定しなくたっていいのに。

それがほんとだろうと、嘘だろうと、私にはどっちだっていい。ただ、いつもは無表情な先生の、慌てた顔が面白かったし、ちょっと可愛いと思った。だから先生の顔を、まじまじ見てやった。

始業ベルが鳴る前に、私はプリントの束を抱えて教室へ急いだ。

なぜだか、落ち込みかけていた気分が、トランポリンの上にでも着地したみたいに、ふわっと弾んで、浮いていた。

3

相変わらず、私は特に取り柄のない、いたって平凡な女子高生だった。強いて言うなら、生物の授業が少しだけ楽しくなった。いや、楽しいは言い過ぎか。少なくとも、それほど苦痛じゃなくなった。そして期末テストの成績は、中間テストよりは少しだけ良かった。

授業中、気がつくと先生をじっと見ていたりする。授業のたび、新しい発見がある。眉が左右で違う形だとか。実は二重まぶただとか。爪の形がとてもきれいだとか。アルファベットの書き方に癖があって、特にPなんて鏡文字の9みたいだとか。そして先生の声も、柔らかなトーンで、言葉が丁寧《ていねい》で、耳に心地良い。今まで意味不明な文字の連なりにすぎなかった生物の用語も、ちゃんと意識して聞いていて、教科書のその部分を眼にすると、不思議と理解できたような気になった。

もちろんそれはその場限りのことで、なかなか知識として積み重なっていかないのが私の脳味噌の残念なところ……。

　脳と言えば、私の脳には普通の人にはない〈回線〉があるらしい。例の共感覚について、あれから先生に何度も質問をして、でも難しくてよく理解できなくて、しつこく食い下がって嚙み砕いてもらって、やっとそこまで理解した。脳の中の、物の形に関する部分と、聴覚に関する部分が繫《つな》がっているんだそうだ。

「あくまでも、その可能性がある、ということですが」と何度も念を押された。

「この能力、なんとか活かせませんか？」

　という相談もしてみた。

「自分でも、色々考えてみたんです。例えば、ベルトコンベアで流れてくる品物をひたすら見続けて、欠陥品を弾くような仕事なら、向いているかもしれない。それこそ能力を活かして、きっとその道のプロフェッショナルになれると思うんです……でも、将来そういう仕事につきたいかって言うと、そういう風には思えなくて……」

　現にそうした職務に就いている人たちを貶《おとし》めたいわけではない。ただ、十代半ばの女の子が、将来に対して抱く夢としては、やはり何かが違うとしか思えない。

　先生はううんと考え込んだ。

「将来の仕事、ということだったら、選択肢を広げるためにも勉強するのが一番なんですけど……」と、そりゃ学校側としてはそう言うよね、な内容をぶつぶつつぶやき、「だけどこれを勉強に活かすと言ってもなあ……」とあとはほとんど独り言だ。

「澤木さんが苦手だという暗記に応用してはどうでしょう」しばらく経ってから、相変わらず生真面目な口調で先生は言った。「音と形を関連づけるんです。例えば数学の図形問題を解きながら、ドの音を出す。何度も繰り返せば、ドの音を聞いただけでその図形が頭に浮かんでは来ないでしょうか」

最後の方は疑問形に尻上がりで、どうもあまり自信はなさそうだった。

「ううん……」私はわざと大げさに首をひねる。「どうかなあ、記憶するときはまあそれでもいいとして、例えばテスト中にドの音を聞くのは無理ですよね」

「そこなんですよねえ」先生は残念そうにうなだれたが、すぐに真顔になり、「まあ何にせよ、テキストを音読して自分の声を聞くのは暗記には有効ですから、地道に努力することですね。楽して覚えることばかり考えるのはほどほどに。夏休みは、学業の遅れを取り戻すチャンスですよ」

釘を刺されてしまったけれど、これしきのことでくじける私じゃない。

「先生は夏休み、どこか行くんですか?」

先生が絶句したように見えたのは、いきなり話が自分のプライベートな事になったからだろう。ややあって、「行きます」と返事があった。こっちは当然、「えー、どこですか?」と聞く。すると思いがけないことに、葉山先生はどこかはにかむような表情を浮かべた。

「……実は中南米をあちこちと。子どもの頃からずっと憧れていたんですよ。何しろ、図鑑でしか見たことのない昆虫が、うようよしているんですから」

虫がうようよ、という言葉には一瞬うえっと思ったものの、それを語る先生の顔があまりにキラキラしていたので、なんだか私まで嬉しくなった。

「じゃあこれ、お餞別《せんべつ》です。幸運のお守り」

ふと思いついて、持っていた本に挟んでいた栞《しおり》を手渡す。四つ葉のクローバーの押し葉で作った、私のお手製だ。「お土産、楽しみにしてますね、先生」

先生は少し驚いたように受け取ってから、にやっと笑って言った。

「僕は澤木さんの二学期の成績を楽しみにしています」


そして猛暑の夏休み。

家でのんびり高校野球を眺めていたら、テレビ画面にテロップが流れた。コスタリカに小型旅客機が墜落、乗客には日本人一名が含まれる模様……。

その時にはまるで、気にも留めなかった。コスタリカがどこにあるかなんて、知りもしなかった。

それから数日経って、伸びすぎた前髪が気になった私は、古新聞を引っ張り出して床に敷く。後で美容師さんに「自分で切ったでしょ」とたしなめられようと、前髪くらいは自分で切らないと、何しろお小遣いは美容院代も込みなのだ。

細心の注意をしつつ、細かく斜めにハサミを入れ、途中で手を休めたとき、ふと何かに呼ばれた気がして下を向く。細かな髪の毛が散った新聞紙に、なぜか先生の名前が印刷されていた。床に激突する勢いで、その活字に顔を近づける。周辺の文字を追ったが、なかなかその意味は頭に入ってこなかった。

だってその記事は、あまりにもおかしな内容だった。コスタリカの旅客機墜落事故で亡くなった日本人一名……それがうちの学校の、若い生物教師だと伝えているらしいのだ。

もちろんそんなことはあり得ないので、何度も何度もその記事を読み直した。けれど活字は揺らぎぼやけて、どんどん読み辛くなるばかり。

今の今まで平々凡々の、つまり良く言えば平穏無事な日々だった。自分はもちろん、身近な人の身の上にだって、特別な出来事が起こったためしはなかった。

それがどうして今、新聞記事の中で大きな事故の犠牲者として、とても身近な人の名前を見つけなきゃならないのか。その理不尽さに押し潰されそうになりながら、記事に添えられた小さな地図を見つめる。こんな遠いところで、先生はまるでバスみたいに小さい飛行機に乗り、そして機体はジャングルのど真ん中に真っ逆さまに突っ込んだ。機体や遺体の捜索はとても難航しているらしい。そう、乗員乗客の生存は絶望的なのだ。

飛行機が高い空から墜落したら、人の体はどうなってしまうのだろう。手足がバラバラになってしまうのだろうか。

涙がぽたぽたと、新聞の上に落ちて滲《にじ》む。

——先生。私にはなんにもないんです。

みんなが持っているみたいな、夢も将来への希望もない。深い知性も個性もない。親が期待しているような、才能も特技もない。

先生は、何にもない空っぽの私に、何かがあると言ってくれた。先生は私の力を特別だと言ってくれたのだ。

そうか、と突然腑《ふ》に落ちる。

私は先生のことが、好きだったんだ。すごくすごく、大好きだったんだ。

それは多分、これから時間をかけて、ゆっくり育っていくはずだった気持ち……。

なのに今、無理やり蓋《ふた》をこじ開けるように気づかされてしまった。

それはあまりにも早すぎて、なのに遅すぎる、辛すぎる発見だった。

広げた活字の海の中から、ネオンカラーの浮き球みたいに先生の名前が私を呼ぶ。耳を塞《ふさ》げばいいのか、目をつぶればいいのかわからなくて、二つの器官を同時に閉じる。

――ねえ、先生。

私ならきっと、先生を見つけられるよ。先生の右手、先生の耳、先生の鼻。ジャングルの中でどんなにバラバラになっていても、きっと見つけられるよ。職員室や生物準備室に押しかけて、廊下で呼び止めて、それに生物の授業の間中、先生のことを見てたから。

私なら、バラバラのパーツをすべて見つけて、集めて、組み立てて上げられる。元どおりに、間違いなく。

だから先生、私を呼んで。たとえ地球の裏側からだって、私を呼んで。絶対絶対、見つけてあげるから……。

4

それから十年経つのは、あっという間のことだった。何ひとつ成し遂げないままに、月日が過ぎるのはとても簡単だ。

ただし、日々をただ無為に過ごしていたわけじゃない。

平凡な女子高生だった私は、今ではごく普通の平凡な奥さんである。そう、私は結婚していた。結婚できたのだ、こんな私でも。

その上十ヵ月ほど前には、めでたく平凡なお母さんとなった。普通の何が悪い、平凡万歳、平穏最高、である。

その夏、私たち家族三人は、沖縄に出かけていた。私は秋に産休明けで職場復帰することが決まっている。夫も夏休みを逃すとまた色々と多忙になる。ゼロ歳児連れの旅行には少し不安もあったけれど、今のうちにという思いの方が強かった。

飛行機に乗るのは今でも少しどきどきする。でも平気。大事な人が一緒に乗るのなら、落ちるときだって一緒だ。だから平気。

本当に怖いのは、どうにもならない後悔と共に、一人とり残されてしまうことだ。

沖縄は、夫婦共に初めてだった。赤ん坊のヒロももちろん初めて。乳児連れの搭乗にあたっては、万全の用意をして行った。離陸の時は大人だって気圧の変化で耳が痛くなる。赤ん坊にとっては大事《おおごと》だろうと、お気に入りのマグでジュースが飲めるように準備し、おもちゃも複数用意した。ところが、搭乗した途端にタイミング良く寝入ってくれて、そのまま二時間ほども寝っぱなしだった。後ろの席の女性が手洗いに立ったとき、「赤ちゃんがいたの？」と驚いていたくらい、平和なフライトだった。

「親孝行だね」と私は笑い、夫は「こいつはだいぶ神経が図太い。大物だ」と笑った。

さすがに着陸前には目を覚ましたものの、上機嫌でりんごジュースを飲み干し、CA《キャビンアテンダント》さんが置いていってくれたおもちゃに興味津々でいるうちに、あっけなく那覇空港に着いてしまった。客室内には大泣きしていた赤ちゃんも複数いたみたいだから、我が家はラッキーだったわと内心で思う。

預けていた荷物とバギーを受け取り、そのままサクラレンタカーのバスに乗った。支店について夫が受付をすませ、配車を待っていると、隣の女性に話しかけられた。ロングヘアの綺麗な人で、可愛いーとか、いい子ねーとか言われて、ヒロはきゃっきゃと喜んでいる。赤ん坊でも美人が好きだというのはほんとだなあと感心する。これがごついオジサンにでもかまわれようものなら、絶対この世の終わりみたいな感じで大泣きするのに。将来女好きになったらどうしよう。

配車された白い車のトランクに、荷物とバギーを詰め込む。頼んでいたチャイルドシートもばっちり。「ああ、沖縄に来たんだなあ」という思いが、空に広がる入道雲のようにむくむくと湧き起こった。いよいよ旅が始まった気がしてわくわくする。飛行機は地元の空気をそのまま持ち運んでいる感があり、日常を完全に振り切るのは難しい。

ああ忘れちゃいけないと、持参したプレートをリアウインドーに取りつけた。〈赤ちゃんが乗っています〉と書かれた、吸盤でくっつけるタイプだ。「だから何?」と思うドライバーもいると聞くが、これで事故が回避できる可能性がわずかでもあるのなら、そりゃないよりはあった方がいいと私は思う。ま、交通安全のお守りみたいなものだ。

高速に乗る前に、地元のスーパーに立ち寄った。沖縄通の友人から、「ホテルの売店は割高だから、飲み物だのおつまみだのをここで仕入れて行くといいよ」とアドバイスを受けていた。さんぴん茶だのシークワーサージュースだのオリオンビールだの、沖縄らしい飲み物を中心にカートに放り込み、目についた地元のお菓子なんかも物色する。旅行先のスーパーは、下手な土産物屋より断然面白い。

買い物を終えて再出発、という時に、夫が「やっぱり泡盛も買ってくるよ。ちょっと待ってて」と車を降りていった。クーラーが効き始めた車内で、ヒロは少し眠そうにしている。

ふいにドアのウインドグラスを叩かれた。窓の外で、若い女性が顔を寄せてきている。窓を少し開けると、彼女はすごく困ったように言った。

「すみません、お願いがあるんですが。大事な書類を風で飛ばされて、お宅の車の下に落としてしまったの。微妙に手が届かなくて……すみませんが、車をバックしてもらえませんか?」

「あ、ごめんなさい。今、旦那は買い物してて」

そう答えると、彼女は焦ったらしかった。

「すみません、すごく急いでて……あの、良かったら私が動かします」

そういいながらもう、運転席側に回り込んでいる。私の返事も待たずに運転席に乗り込み、彼女は私を振り返った。

「すみませんが外に出て、後ろの様子を見ててもらえませんか？」

有無を言わせぬ口調で言う。

このときに、何か変だと思うべきだったのだ。いくら相手が感じが良くて物腰の丁寧な若い女性だろうと。いくら平凡な日々の中で、すっかり平和ボケしていようと。唯々諾々《いいだくだく》と相手の命令に従うべきじゃなかったのだ。

私が気軽に外に出て、暢気《のんき》な声で「バックオーライ」とやりかけたとき、白いレンタカーは私を轢《ひ》き殺す勢いでバックしてきて、それから一度切り返しただけで発車してしまった――中にヒロを乗せたまま。

まさにあっという間の出来事だった。

声にならない声で私は我が子の名前を叫んだ。そのまま走って後を追った。車は道路を走行中の車間に強引に割り込み、後続の車に急ブレーキをかけさせた。そして盛大に鳴らされるクラクションの音をものともせず、そのまま走り去ってしまった。

「――どうしたっ」

遠くで夫の声がして、私は車があった場所に駆け戻る。スーパーの袋をぶら下げた夫が、呆然と立ちすくんでいた。

「……誘拐された……ヒロが……車ごと。知らない女に」

喉の音でぶつかり合う言葉を、どうにか切れ切れに絞り出す。血の気が引いて今にも倒れそうな私の肩に、夫はそっと手を置いた。

「まず、大きく息を吸うんだ」

言われた通り、肩で大きく息をつく。その動作につれて落とした視線の先に、白い紙切れがあった。私たちの車があった、ちょうどその真下……。

あの女、確か大切な書類を落としたとか言っていた。急いで拾い上げると、単なるレンタカー屋の注意書だった。バスレーンは走行しないでください、返車時にはガソリンを満タンに、最寄りのガソリンスタンドの場所は……返車場所は……今の緊急事とは無関係の、どうでもいい文章だ。だがその紙をひっくり返すと、乱暴な手書きの文字があった。


ちょっと赤ちゃんを借りていきますね。用事が終わったら、ちゃんと返すから心配しないで。頼むから、ケイサツとかそんな大事《おおごと》にはしないでね。私今けっこう思い詰めてるから、何するか、わかんないよ。


「――何よ、これ」

悲鳴みたいな声が出た。何するかわかんないって、脅迫じゃん。紙を持った手が、小刻みに震えている。夫がそれをそっと抜き取った。さっと目を通し、顔色を変える。すぐさまポケットからスマホを取りだした。私は慌てて夫の腕に取りすがる。

「駄目。一一〇番しちゃ駄目。ヒロが殺されちゃう」

「落ち着いて。警察には電話しないよ、まだ。今は時間が惜しい。ちょっと黙って聞いてて」

そっと私の手を外し、スマホを操作する。

「あ、先ほど車を借りたものですが」と前置きし、夫は姓名を告げた。「緊急事態です。命に関わることなので、そちらの責任者をお願いします」

夫が電話したのは、サクラレンタカーだった。彼は簡潔に事態を説明し、「犯人はそちらで配布している用紙の裏に脅迫文を書いています。そしてここにはそちらのレンタカーが一台残っている……我々が借りたものと同車種です。ナンバーを言うので、借り手の素性を調べてもらえませんか。もしそれが女で、僕らと同時刻に借りていたならおそらくそれが犯人です。そいつの情報と、こちらの車と女が借りた車、二台分のスペアキーを今すぐここに持ってきてください。場所はそれほど離れていません……はい、スーパーマーケットの……」

夫の冷静な声を聞くうちに、私も少しずつ落ち着いていった。

あの女がレンタカー屋にいた？　すぐに思い出す。隣に坐《すわ》って、やたらと話しかけてきていたあの女だ。それに少し離れたところにぽつんとあるのは、確かに同じ色、同車種の〈わナンバー〉だ。

「君、荷物を持っていないところを見ると、スマホは車の中だね」

通話を終えた夫が私に向き直る。

「あ、はい。バッグに入れたまま……」

「それは良かった」

短く言うと、夫はリュックからノートパソコンを取りだし、操作し始めた。

「ＧＰＳだよ」私の視線に応えて夫が説明してくれる。「君の希望で、そういうアプリを入れといただろ？」

そうだった。結婚して新しい街に住み、さんざ迷いまくって「あなた、今、私どこにいるの？」なんて電話をかけまくった結果、その機能を入れることにしたのだ。

「これでヒロを追跡する」

そう断言した夫が、心底頼もしかった。

じりじりと照りつける太陽の下で、気持ちも体も焦がしながら待っていると、車体にサクラレンタカーの文字が入ったグレイの車が到着した。駆け寄ると、運転席から小太りの男が、焦った様子で出て来た。車の中はクーラーが効いていたろうに、こめかみには玉の汗が浮かんでいる。

「この度は大変な……」と相手が早口に言いかけるのを制して、夫は女の置き手紙を見せた。

「この通り、犯人は精神状態がまともとは言えません。下手にパトカーで追跡されたりしたら、逆上して大きな事故を起こすかもしれません……お宅の車で」

夫が敢えてつけ加えたであろう言葉に、責任者は青くなる。そこへ夫はテキパキと畳みかけた。

「もちろん、タイミングを見て警察へは通報します。幸い、車中には妻のスマホがありますので、ＧＰＳで追跡できます。女が行きたがっている地域がある程度特定できるまでは我々だけで後を追い、車中で警察に通報、覆面パトカーで来てもらえるように頼んでみます。今はとにかく時間が惜しい。この車のキーを貸して下さい。申し訳ないが……あ、お名前は？」

「は、金城《きんじょう》です」と責任者は名乗った。

「では、金城さんは、我々の後からついてきてもらえますか？　申し訳ないが、手助けをお願いします」

金城さんはこくこくうなずくとキーを夫に手渡し、携帯番号を交換した上で、自社の車に戻って行った。

私たちも急いで、女が借りた車に乗り込む。トランクにも座席にも、荷物は残っていなかった。残念ながら、女の行き先を探る手立ては無いということだ。

夫から手短にＧＰＳの見方を教わる。夫のスマホも受け取り、金城さんとの連絡や警察への通報は私の役目だ。

「絶対大丈夫だから、やるべきことに集中しなさい。余計なことを考えないで」

あくまで静かに、穏やかに夫は言う。

パニックは伝染しやすいと言うが、冷静さというものも、じんわりとではあるけれどもこちらにしみ通ってくる。

大丈夫、大丈夫。絶対に大丈夫。夫の言葉を反芻《はんすう》しながら、ただ一心にパソコンの画面を眺める。

ヒロ、待ってて。今行くから。すぐに助けてあげるから……。

心で呼びかけながら、車の行き先を夫に伝え、彼の指示に従って金城さんとやり取りをする。

犯人の情報や事態の説明を、金城さんから警察に第一報として通報してもらう手はずとなった。

　敵はどうやら高速道路に乗って、沖縄本島を北上中らしかった。かなり飛ばしているのか、距離は離される一方だ。最後のインターで一般道に降り、少し走ったところでやっと止まったと思ったら、単なる休憩だったらしく、すぐにまた動きだす。海岸沿いをさらに北へ進み、やがてある地点から動かなくなった。目的地に着いたとみて間違いないだろう。私はふるえる声で警察に連絡を入れた。

　やがて夫は大きくハンドルを切った。いよいよヒロに追いついたのだ。工事現場の高い塀が一部途切れた場所から迷わず敷地に入っていく。すぐ目の前に広がる光景に、私は言葉も無かった。

　少し先には優美にカーヴした、白亜の高層建築があった。その建物が長く引きずったヴェールみたいに、白い砂浜まで続く広大な敷地があった。整地して土が剝《む》き出しになった状態だったけれど、今は地面の色はほとんど見えていない。なぜなら、夥《おびただ》しい数の車が海の方を向いてぎっしりと停めてあったから。

　よく見るとそれは、我が家で借りたのと同じ白で、まったく同じ車種の車だった。それが見渡す限りに行儀良く、きちきちに詰めて停めてある。

　前方では大型のキャリアカーからやはり白いサクラ車が降ろされるところだった。更に後ろには、同じく白い車が三台、中に入る順番を待っている。

「ほら、ぼやぼやしない。邪魔になってるよ」誘導の係員が、私たちに向かって叫んだ。そして運転席に向かって、チケットのようなものを差し出す。

「奥までまっすぐ進んで、その先の誘導にこれ見せて」

そこへグレイの車が強引に割り込んできて、誘導員は苛立たしげにストップをかけた。別な色のチケットを取りだして、

「ああ、あんた、ダメダメ。帰りの足用はここじゃなくてあっち。百メートル先」

怒鳴られているのは、金城さんの車だった。

5

「……そう言えば……」

金城さんが、汗を拭き拭き言った。二台の車は誘導を無視し、ひとまず邪魔にならないところに寄せて停めてある。

「オープン前のリゾートホテルで、車のCM撮りがあるって聞きました。まだ外周りは何も無い状態で、とにかく敷地がでかくって、見ての通り景色もいいでしょう？　そこに車文字でロゴマークを描いて、『愛され続けて進化する』だったかな、何かそういうコンセプトで」

「詳しいですね」

夫が言い、金城さんがわずかに笑った。

「サクラ自動車のCMなんで、各営業所からも協力しているんですよ。背景の白い部分だけですけどね。ロゴ部分はピンクだかなんだかで新車で作るんだとか……七千台集めるとかで、沖縄本

島の営業所だけじゃ数が全然足りないんで、通常営業にも差し支えますしね、なので輸送船で運んできたり、そりゃもう大がかりなものですよ。うちでも車の移送のために臨時バイトを雇って往復させています」

その説明がむやみと暢気に聞こえてしまって、思わず叫んでしまった。

「あり得ない。つまり、あの中にヒロが乗った車が紛れ込んでるってわけですね？」

私の剣幕に、相手は慌てて口許を引き締め、「そういうことになりますかね……」と小声で言った。

「もう連れ出されているかもしれない」あくまで冷静に夫が言う。「三、四十分くらい前には着いてるはずだし、車の中に君のバッグを置きっぱなしで移動しちゃってる可能性が高くないか？」

「ちょっと、あんたら何？　さっさと……」

怒鳴りながら近づいてきた誘導員に、こちらは嚙みつく勢いで尋ねた。

「赤ん坊抱いた女、出て来ました？」

相手は面食らったように「ああ？」と聞き返す。

「このご夫婦の赤ちゃんが誘拐されたんです」金城さんが名刺を取り出して、誘導員に渡してくれた。夫は簡潔に事態を説明し、赤ん坊を抱いた女が出て来なかったか、改めて問うた。相手はさすがに驚いたらしい。

「いや……女の社員さんやバイトさんは何人もいたけど、赤んぼなんて、そんなもん抱いてたら目立つしなあ……出入り口もここだけだし、ほら、工事中だからまだこんな高い壁で囲ってるでしょ。出てないと、思うんだけどなあ……」あまり自信はなさそうだ。

「出てないんなら、この車のどれかにうちの子が乗ってるかもしれないんです」

「車ん中探すっても、この数だし……今ここ、人が出払っててギリギリの人数なんですよ」

そう言っている間にも、後ろには白い車の列ができはじめている。

「まだ十ヵ月なんです。熱中症が心配です」

泣きそうな声が出てくる。誘導員は「そう言われてもなあ……」と困惑を隠さず、目を背《そむ》けるように誘導を再開した。このままでは一般道に渋滞を作ってしまうので、そうせざるを得ないのだ。

一刻も早くヒロを見つけてあげないと、という焦りをよそに、広場の車はどんどん増えている。

「その、GPSでは坊やの正確な居場所はわからないんですか？」

おずおずと金城さんが聞いてくる。私は首を振って、パソコンの画面を見せた。そこまで細かなポイントは、さすがにわからないのだ。しかも工事中のエリアなので、表示されている地図とはまるきり変わってしまっている。

「君の携帯を鳴らしてみよう」夫はスマホを取りだした。「もしかしたら犯人がまだ中にいて、会話できるかもしれない。そうしたら、君が出てくれるかい？」

「私が？」

「君とは一応顔を合わせてしゃべっているだろう？　男が出たら、警察だと思って警戒するかもしれない」

「そうね……」

私はカラカラの喉に、唾を飲み込む。けれど相手が出る様子は無い。近くで私のスマホが鳴っている様子も無い。

「あの、こうなったら犯人の携帯電話に直接電話してみますか？」

金城さんがそう提案してくれた。

犯人に直接連絡、というのは夫も考えていた。ただ、車の運転中に電話に出させて、興奮されたり逆上されても危ないと、タイミングを計っていたところだった。

ぜひお願いしますと伝え、金城さんが携帯を操作するのを固唾《かたず》を呑んで見守っていた。

突然、「あ、ああ」と金城さんが素っ頓狂な声を上げた事で、私たちは憎むべき相手が電話に出たことを知った。金城さんは咄嗟《とっさ》に夫を見やり、焦ったような早口で言った。

「あのですね、サクラレンタカーの金城と申します。少々お尋ねしたいことが……、あ、ええ、ええ、お急ぎのところ申し訳ありません。あの、お借りいただいている車がですね、スーパーの駐車場に長時間停めっぱなしになっていると連絡がございまして、何かトラブルかと……」

とっさにしてはかなり上手い言い訳だと、場違いな感心をしていると、「あ、ちょっとお待ち下さい。別件でですね、急ぎお客様に連絡を取りたいという方が、今ここに……」

相手は通話を終えたがっているらしく、金城さんが困ったようにこちらを見る。思わずその手から携帯電話を奪い取って声の限りに叫んだ。

「ヒロを返して。今どこにいるの？　ヒロは一緒なんでしょうね？」

一拍おいて返事があった。

「……は？　誰？」

小馬鹿にしたような口調に、それまでこらえていた感情が一気に爆発した。

「あんたにっ、赤ちゃんを奪われた母親よっ。今、どこにいるの？　うちの子、一緒なのよね？　無事、なんでしょうね？」

わあっとまくし立てると、信じられないことに相手は電話の向こうでクスリと声を立てて笑った。

「やっだー、怖ーい。怒鳴らないでよ。ちょっと借りてるだけじゃないのー。すぐ返すって書いといたでしょ？」

「だからっ、今すぐ返せって言ってるの。オムツはどうなってるのよ？　ミルクは？　ちゃんと水分補給しているんでしょうね」

「えー、そんなの、わっかんないしー」

「今すぐあげてよ」悲鳴みたいな声が出た。「赤ん坊は簡単に脱水症になっちゃうんだからね。ジュースとか麦茶とか、荷物の中にあったでしょ？　それをマグに入れて……」

「あ、無理無理」半ば笑ったみたいな声で、相手は簡単に言った。「赤ちゃん、車に置いて来ちゃったもん」

「どこよ。どこに停めたのよ」

「わかんない」あっけらかんと女は言った。「何か紙をもらったけど車に置いて来ちゃったしー。言われるままテキトーに停めたしー。後から後から他の車来ちゃったしー。すごいよねーあれ。ディズニーランドの駐車場みたい」

信じられないことに、けらけらと笑っている。怒りで目の前が真っ赤になった。

「頭、おかしいんじゃないの。うちの子が熱中症になったらどうするのよ。最悪、死んじゃうのよ」

「えー、大袈裟《おおげさ》。大丈夫でしょー、ちゃんとクーラーかけといたし。頭おかしいとか、失礼じゃない？　傷ついたわあ、もう知らない。じゃあね、バイバイ」

ぷつんと電話は切れた。

「探さなきゃ」私は大声で言った。「車の中にヒロを置いてきたって。クーラーはついてるらしいけど、でもあの女の言うことだし、バッテリー上がっちゃうかもだし、当てになんない。急いで探さなきゃ」

「エンジンかけっぱなしってことですよね……バッテリーがすぐに上がることはないとは思いますが……」と金城さんが気遣わしげに言い、夫が後を引き取った。「この炎天下だと、たとえクーラーがついていても安心はできないしな。第一、連れ去られてからもうずいぶん経っている……警察はやけに遅いな」

本当に、警察は一体何をしているのだろう？　もう一度電話してみようと思った時、誘導員が近づいてきた。

「今、車で入ってきた人に手を貸してもらうよう、一人一人頼んでいるところです。相方にも連絡入れたので、探す順番をあいつに指示させます」

少し強面《こわもて》の風貌に笑顔を浮かべ、遠くの人影を指差す。そちらでは大きく手を振るもう一人の誘導員の姿があった。

申し出が理解できた途端、涙がぽろりとこぼれ落ちた。

一人、また一人と、ゆっくりではあるものの、協力者は増えていった。皆、忙しいだろうに申し訳ないという思いと、感謝の思いと、けれどそれ以上に強い焦燥感《しょうそうかん》があった。

様々なアクティビティの為の一大施設が作られる予定地だというその場所は、あまりにも広かった。そして車の数は、めまいがするほど多かった。人手は全然足りていない。手分けして一台一台見て回っても、それは全体のほんのわずかな部分でしかない。

藻の中でもがくようなもどかしさの中で、ちらりと閃《ひらめ》くことがあった。ちょうど少し離れたところに金城さんの姿を見つける。

「金城さん、私と一緒に来てもらえませんか？　建物のてっぺんに登りたいの」

「それは……意味がないと思いますが」近づいてきた金城さんが、遠慮がちに言った。「最上階なら全体も見渡せるでしょうけど、遠すぎてとても車内までは……一台一台のナンバーを読み取るのはなおさら無理ですし……たとえ双眼鏡があっても、難しいんじゃないでしょうか」

「思いついたことがあるの。すみませんが、携帯を貸してもらえませんか？」

私の厚かましすぎるお願いを、ありがたいことに金城さんはすんなり聞いてくれた。

ホテルの外観はすっかり出来上がっているように見える。ＣＭ撮影の為か、工事の人も見当たらない。けれどさすがにエントランス前には警備員が立っていて、進入を止められてしまった。

「ごめんなさい、子供の命がかかっているの。金城さん、あとよろしく」

そう叫んで無理やりすり抜ける。背後で警備員の制止の声と、金城さんの声が重なった。心の中で二人に詫びつつ、エレベーターは動いていないようだったので階段に向かう。内部にも人の姿はない。内装はまだ中途半端な感じ。階段は薄暗いけれども、非常灯のおかげで真っ暗じゃない。一段抜かしに駆け上がる。このホテル、何階建なんだろう？　とにかく上へ、最上階へ。

ようやくたどり着いたときにはもう、足はガクガク、息も絶え絶えだった。防火戸を開けると、差し込む光に目が眩《くら》む。手近な窓に駆け寄ると、眼下に青い青い海がひろがっている。車も一部は見えるけれども、この角度じゃ駄目だ。さらに廊下を駆け抜けて、見当をつけた部屋に飛び込む。良かった。鍵はかかっていない。まだ剝《む》き出しの床を蹴って、ベランダに飛び出し、ぐいと身を乗り出す。白い地に桜色で描かれた、巨大なサクラ自動車のロゴマークが目に飛び込んできた。こちらからは逆様《さかさま》だけど……ＣＭはヘリで海と一緒に空撮でもするのだろうか。今は、そんなことはどうでもいい。白い部分にだけ、一心に目を凝らす。十人ほどの人が、蟻のように動き回っているのが見える。警察官も加わったのだろうか。それにしたところで、一人当たり七百台のノルマ。すべて見て回るにはまだかなりの時間がかかる。その間にヒロは……。

大丈夫。私は一人、首を振る。きっと大丈夫。今はコンタクトレンズを入れている。整然と並んだ白い車。すべてこちらにテールランプを向けている。同じ車種、同じ色、見渡す限り、車、車、車……くらくらして、このまま下に落ちてしまいそうだ。

一度ぎゅっと目をつぶり、大きく息を吸う。それからゆっくりと目を開ける……。

――聞こえた。〈声〉が、聞こえた。

私は汗で滑りそうな携帯電話をしっかり握り、震える手で夫の番号にかけた。間髪容《かんはつい》れず夫が出てくれる。もう彼の位置も、私は把握していた。

「……〈声〉が聞こえたよ、そのまま真っ直ぐ進んで。そう、そのまま……ストップ。そこから右に行って。走って。まだかなり先……もう少し……あと少し。あと五台。四、三、二……」

「見つけた」

夫の声がして、私はその一点に目を凝らす。小さな小さな人影が、細い隙間でドアを開け、そこから上半身を突っ込む様子が見て取れた。

胸の痛くなるような時間の後、夫の穏やかな声が言った。

「大丈夫だ。泣き疲れて、眠っている」

その瞬間、涙があふれ出て、止まらなくなった。良かった、無事だった。本当に良かった。

本当に、ありがとう。

私は協力してくれたたくさんの人たちと、〈声〉の源に向かって、心からお礼を言った。

6

「――よく、こんな小さなプレートが見えましたねえ」返車の際、金城さんがしみじみと言った。

「奥さん、よっぽど目がいいんですね」

彼が手にしているのは、「赤ちゃんが乗っています」と書かれたプレートだ。片隅に、図案化された四つ葉のクローバーが入っている。私のお手製。幸運の、お守りだ。

「……見えたんじゃなくて、聞こえたんです」

にっこり笑ってそう言うと、人の好い金城さんは何か感に堪えないといった表情を浮かべ、

「母子の絆ってやつですかねえ……」とつぶやいた。そして気の毒そうにつけ加えてくれる。「しかしせっかくの沖縄旅行が、散々でしたね」

確かに酷い目にあった。あの後ヒロは病院に運ばれ、軽い脱水症との診断を受けた。点滴の必要も無いくらいだったけれど、大事を取って翌日は一日、涼しいホテルの部屋で、のんびり過ごした。

女はあっさり捕まった。少し離れたところから、本名でタクシーを呼んだのだ。なぜ自分が逮捕されるのか、まるでわけがわからないといった様子だったという。

ヒロのことは、何と行きの飛行機から目をつけていたらしい。全然泣かないから、連れ出しやすいと思ったそうだ。その動機がまた、ふざけていた。一方的に別れを告げられた恋人に、「あなたの子よ」とヒロを見せ、よりを戻そうとしたのだとか。相手はあのＣＭの制作会社の人間だった。女はそこの元アルバイト。それ以上、詳しい事情は教えてもらえなかったし、知りたくもない。とにかく女の計画は失敗し（当たり前だ）、「彼を困らせようと思って」ヒロを乗せたまま、

車をあの場に紛れ込ませた。その上で、「赤ん坊を抱いたまま、万座毛《まんざもう》から飛び降りる」と元恋人に嘘の電話をしたらしい。あのCM撮りの現場が最低限の人員を残して無人だったのは、その対応に追われていたせいだ。心底、脱力である。ついでに、その件に関する関係者の通報により、沖縄県警も混乱し、私たちのところに来るのがだいぶ遅れてしまった。何しろ出てくる女の名前が一致していたわけだから。大勢の人を振り回し、多大な迷惑をかけ、危うく一人の赤ん坊の命を奪うところだったあの女は、さてどんな罪に問われるのだろう……あまりにも頭がおかしすぎて、無罪となってしまわないか、とても心配だ。

「——でも、水族館だけは行けましたし」

苦笑いと共に、私は答えた。金城さんはにっこり笑って言う。

「ヒロくんは、喜んでいましたか？」

「ええ、とても。でも帰りに寄った蝶々園の方を、もっとずっと喜んでいたみたいです。この子はお魚よりも昆虫の方が好きみたい……あなたに似て、ね、葉山先生」

夫もまた、微苦笑を浮かべて「そうかもね」とうなずいた。

この旅は、平穏で平凡な私の人生で、三度目の修羅場だったとしみじみ思う。

最初は先生の乗った飛行機が、コスタリカに墜落したと知ったとき。そして二度目は、泣き暮らした夏休みが終わった始業式の朝、他の先生方と並んで、すごく普通に、少し眠そうに立っているる葉山先生を目の当たりにしたとき。

なんでもトランジットがうまくいかず、問題の飛行機に乗りそびれた結果、幸運にも命を拾ったのだとか……。新聞の続報でちゃんと伝えられていたそうなのだが、お馬鹿な私は新聞なんて読んでいなかったのだ。

驚き、呆然とし、我に返ったその後で、私は猛然と行動に移った。あの憎むべき誘拐犯もそうだったけど、恋する女は無駄にエネルギッシュでアクティブなのだ。

在学中はいくら押しても引いてもぴくりとも動かなかった先生だけど、卒業したらやっと、いい返事がもらえた。「あの時は渡せなかったけど……」と、全然可愛くない人形をくれた。南米のお土産ということらしい。幸運を呼ぶお人形とのことだった。

そうして私は大学生になり、社会人になり、その間、平穏で平凡なお付き合いは続き……ついに現在に至る。

大恩人の金城さんに別れを告げ、機上の人となったとき、ふと思いついて言った。

「あなた昔、共感覚は遺伝することが多いって言ってたわよね」

「そうだね。この子はどうだろう」

「きっとそうなるわよ。そしてきっとヒロは昆虫好きに育つわ。昆虫図鑑を買ってあげたら、一冊丸ごと暗記しちゃうくらいにね。だって人は好きな物や興味のある物のことに対しては、ものすごい記憶力を発揮するって、あなた言ってたでしょう?」

まだ高校生の頃の話だ。

「言ったね」

その会話を覚えているのかいないのか、夫はうなずく。

「それなら私にもきっと憶えられるわ。だって、好きな人たちの好きな物だもの。これから先、ヒロが絵本代わりに昆虫図鑑を読むようになったら、きっと私も一緒に憶えてしまう。もしそうなったらね」ヒロをきゅっと抱きしめ、私はくすくす笑う。「いつか三人で、まだ誰も知らない新種の昆虫を、見つけ出しましょうよ。きっとできるわ。私たちの眼と、あなたの知識、そして私たち家族のラッキーがあれば」

夫が生きていたのも、ヒロが無事だったのも、私にヒロを探し出す眼があったのも、かつて夫からその能力について教わっていたのも、私に言わせればすべて最高で最強の幸運だ。

夫は少し驚いたように私を見て、それから珍しく破顔した。

「それは、いいね。すごく興味深い」

沖縄の空気に満たされた機内で、私たちはぽつりぽつりと未来について話す。

平穏で、平凡で、そしてとてつもなく幸運な、未来の話を。

空蟬

1

やさしかったおかあさんは、おそろしいバケモノにたべられてしまった。

それをはじめにいいだしたのは、タクヤだった。まちがいないよ、ほんもののおかあさんはたべられてしまって、いまうちにいるのは、おかあさんのふりをしたバケモノなんだよ、と。

それをきいて、ぼくはすごくびっくりした。タクヤのいうことをうたがったからじゃない。ほんとうに、きっとそのとおりだとおもったから。

タクヤはぼくよりあたまがいい。いろんなことをしっている。そしてぼくよりゆうきがある。でも、ぼくがタクヤのいうことをしんじたのは、そのせいばかりじゃない。

おかあさんがきゅうに、こわくていじわるになってしまったのだ。せんたいものにでてくる、おんなかいじんみたいに。

ニセモノのおかあさんは、きゅうにドアをばんっとしめる。ぼくのめのまえで。それからつくえをばんっとたたく。あたまをつよくたたいたり、せなかをどんとおしたりする。わざとあしをひっかけて、ころばせたりする。まえはぜったいそんなことはしなかったのに。

けがをしてなくぼくをみて、ニセモノのおかあさんはすごくたのしそうにわらう。

こわかった。こわかった。こわかった。

あんなにやさしかったおかあさんがたべられてしまって、おかあさんにばけたわるいやつがいえのなかにいる。

どうしていいか、わからなかった。

おとうさんはふねにのるおしごとをしていて、めったにかえってこない。いえのなかはぼくとニセモノのおかあさんだけ。どこにもにげられない。ようちえんのせんせいにいっても、よそのおかあさんにいっても、なにおかしなこといってるの、とわらわれる。それがニセモノにつたわって、いえですごくどなられたり、たたかれたり、ごはんをぬかれたりする。そしてニセモノはそとではかなしそうになく。どうしてこのこは、こんなひどいウソをつくのかしら、わたしのそだてかたがまちがっていたのかしらとなく。だからみんなが、ぼくをしかる。ぼくのことを、うそつきのわるいこだとしかる。

うそをついているのも、わるいことをするのもニセモノのほうなのに。

どうしていいか、わからなかった。ニセモノはぼくをいじめてあそんで、あきたらきっとぼくのこともたべるつもりだ。いきたまま、バリバリたべられるのはどんなかんじだろう。きっとすごくいたいにきまっている。ぼくがすっかりたべられてしまったあと、ぼくのニセモノがぼくのふりしてぼくのおもちゃであそんだりするのかもしれない。そこへなにもしらないおとうさんがかえってきたら……。

きっとおとうさんもころされてしまうだろう。

どうすればいい？　どうすればいい？　どうすれば……。

あつくて、かゆくて、いたくて、とにかくおなかがすいて、こわくてこわくてこわくてこわくて……。あついのに、ふるえている。いしみたいにかたまって、こえもでない。うごけないまま、まるまっている。まだいきているのに、しんでくさっているみたいだ。

あるとき、タクヤがいった。

このままじゃだめだ。

ふたりでちからをあわせて、あのバケモノをやっつけよう、と。

2

人生最悪の出来事は、不幸なことにごく早い時期に訪れた。幼稚園の年長クラス、たぶん五歳くらいの頃のことだ。おそらく六月から八月にかけての数ヵ月のこと。

幼い僕は地獄のただ中にいた。

それよりあとの毎日は、カサカサに乾いた、蟬《せみ》の抜け殻みたいなものだった。一応、辛うじて形は保っている。けれど、それはあるとき、あっけなくくしゃりと潰され、粉々になってしまう程度に脆《もろ》く儚《はかな》いものなのだ。

だから僕は未だにびくびくと、「その後」を生きている。歩く地面は薄氷のように、とつぜんめりめりと破れて僕を暗い地底に沈めてしまうかもしれない。身近な人間は、何の前ぶれもなく豹変し、僕に襲いかかってくるかもしれないのだ……。

「――行ってきます」

ほとんど自分にしか聞こえないような声でつぶやいたのに、奥から義母《かあ》さんが出てきた。口に出せば同じ「かあさん」なのに、僕の中ではかならず母の上に「義理」の「義」の字がくっついてくる。他人に対して「ははが」という際も、僕の脳裏に浮かんでいるのは「義母」という文字だ。滅多にないけれどもそれは実際に紙に書いたりメールを打ったりするときでも同じで、見えない置き字のごとく、義という文字はついて回る。母、にしても、母さん、にしても。もしママと呼んでいたら、「継」という字に勝手に変換されていたのかもしれない……今の義母に申し訳ないとは思いながら。

「タクミさん……あの、折りたたみ傘は持った？　あの、午後から雨が降るって、天気予報で、さっき……」

「大丈夫、持ってます」

たとえ持っていなくても、僕はそう答える。靴を履く僕の背中に、義母はさらに言う。

「あの、ほんとにもう、お弁当は作らなくてもいいの？」

「うん、学食あるから」

「でも、水筒だけでも持っていった方が……」

「ねえ、義母さん」僕は不自然なくらい、両頰に力を入れて微笑む。「僕はもう大学生だから、そんなにあれこれ世話を焼かなくても大丈夫だよ。女の子じゃあるまいし、ママの手作り弁当を食ってる奴なんていないって。それに水筒は荷物になるしね」

言葉と笑顔で、やんわり相手を突き放す。

「そう……」とつぶやいた義母の表情は、明らかに曇っていた。

本当は、弁当も飲み物も家から持参した方が、ごった返した学食に行くよりはよほど楽だった。弁当持参の男だってけっこういるし、金銭的にも助かる。昼食代や飲み物代に回している小遣いが、丸々浮くんだから。

とは言え、後で空の容器を洗うのも面倒だ。もちろん義母が洗ってくれようとするだろう。中学の時も、高校の時も、そうだったから。

けれど義母には甘えたくなかった。甘えてしまうのが、怖かった。だから義母の様々な好意的な申し出を、やんわりと辞退する。いや、拒絶する。そのことで義母が傷ついていることを知りながら。

父が「新しいお母さんだよ」と言って義母を連れてきてから、もう十数年になる。

何年経ってもよそよそしいままの僕に、義母が気落ちして泣いていたことを知っている。遠回しにやんわりと、そのことを父に咎《とが》められもした。遠足で、義母が早起きして作ってくれたお弁当を捨ててきたことを、はっきり叱られもした。なぜばれたのか、そちらの方が僕には驚きで、怖かった。

その時、せっかくの義母の心づくしの弁当を丸ごと捨てる羽目になったのは、どうしても食べられないおかずが入っていたからだ。

手作りの、ミートボール。義母が丁寧にこねて、丸めて、焼いたもの。ケチャップで和えてある、ただそれだけのもの。蓋《ふた》を開けてそれが眼に入った瞬間、僕は弁当箱を放りだしていた。一人用のシートや芝生《しばふ》の上に、おにぎりや卵焼きやウインナーやプチトマトや……そしてミートボールがぶちまけられる。義母が早起きしてこしらえてくれたもの。

周囲にいたクラスメイトたちは、僕がどじって弁当をひっくり返したものと解釈したらしい。すっかり僕に同情して、おかずを分けてくれようとしたけれど、それを必死の笑顔で断った。強い吐き気がしていた。胸のむかつきをこらえつつ、ティッシュを全部使ってビニール袋に散らばった食べ物を集める。ティッシュ越しですら、ミートボールをつまむときにはぞっと鳥肌が立った。

――バンッ！

テーブルを叩く音が、聞こえた気さえした。

大昔の話。

お母さんが……僕の本当の母が、突然、両手を振り上げてテーブルを強く叩いたのだ。ちょうどピアニストが、フォルティッシッシモの勢いで鍵盤に両手を振り下ろすように。

無論、息が止まるかと思うほど驚いた。その少し前に、僕は皿の上のミートボールをフォークで突き刺し、食べようとしていた。だが、口許まで持ってくる前に、ミートボールはフォークの歯からするりと抜け落ち、僕の膝を経由して、床の上に転がってしまった。

その直後のバンッ、である。僕の粗相《そそう》との関連性については、うっすらと考えていた。けれどこの瞬間までは、それが単なるアクシデントであり、例えば立ち上がろうとしてテーブルについた両手がたまたま大きな音を立てたのだ、とも考えていた。

だって僕の母は、それはもう、優しかったのだ。およそ、声を荒らげたり、強く叱ったり、なんてことをしない人だった。たとえばその時の僕のミスに対しても、それまでの母ならこう言っていたはずだ。

『あらあら、仕方ないわねえ……気をつけて食べるのよ、たっくん』

ごく穏やかな、むしろ歌うような口調でそう言って、手早く始末をしてくれたはずなのだ。

少なくとも、その時まではそんな母だった。

突然の大きな物音に固まる僕に、ぐいと顔を近づけて、母は大音声《だいおんじょう》で言った。

「何やってんだよ。何、床に捨ててんだよ、拾えよ」

そしてまた、バンッ、とテーブルを叩く。

「馬鹿なの？　耳、聞こえないの？　さっさと拾えって言ってんだろ、ほら、早く」

怒鳴り散らされ、どんと背中を叩かれ、声もないまま慌てて椅子から降りる。テーブルの真下に、埃《ほこり》や髪の毛にまみれた肉団子が落ちていた。僕はそれをつまみ上げ、どうしていいかわからないまま、指示を仰《あお》ぐように母を見やった。すると母は、にこりともせずに言った。

「何、ボケッとしてんだよ。馬鹿なの？　さっさと食えよ、ほら」

耳を疑った。とてもきれい好きな母だったのに。過去の同じような時、例えば落ちたクッキーなどを僕がそのまま食べようとしても、「これはもうばっちいから捨てましょうね」とティッシュにくるんで三角コーナーに入れていた母なのに。

見るからに汚らしいこれを、食べろって？

「食えって言ってんだよ、ほら」

別人みたいなしわがれた声が追い打ちをかける。こんなのお母さんじゃない。大好きな、優しいお母さんじゃない。

混乱し、硬直する僕の腕をつかみ、ミートボールを僕の指ごと、無理やり口に押し込んだ。指先が喉をつき、げえっと吐き出す。それまで食べていた夕食も一緒に、胃の中のもの、すべて。

テーブルや皿の上に飛び散った汚物を見て、母はヒステリックな声を上げた。

「何やってんのよ、きったないわねー。いい？　それ全部、食べちゃいなさいよ。残したら許さないから」

刺々《とげとげ》しく言われ、とっさに涙のにじむ眼を上げた。そこには、意地悪な魔女みたいに歪んだ母の顔があった。

「馬鹿なの？　日本語わからない？　さっさと食べろって言ってんのよ。お母さんの言うことが聞けないっての？」

言いながら母は僕の後頭部の髪の毛を鷲《わし》づかみにし、皿の上にぐいと押しつけた。自分の汚物と入り交じったミートボールが、僕の顔に押し潰されていく。イヤだ、やめてと叫んでも母は手に力を込めるばかり、僕の顔は食べ物と汚物と涙と鼻水でぐちゃぐちゃになってしまった。

そうして僕は目の前の物を全部飲み込むまで、許してもらえなかった。嗚咽《おえつ》とえずきと、ケチャップに胃液の混ざった悪臭と……思い出すだけで、胃の中身が逆流しそうになる。

人生最悪の日々の、それが始まりだった。


もう一生涯、ミートボールが食べられる気がしない。ハンバーグですら、相当の努力が必要だ。

小学校の遠足で、お弁当を捨ててきたことがばれ、義母には泣かれてしまった。当時はどうしてばれたのかもわからず恐ろしかったが、今ならそれが当たり前だったと気づく。僕はミートボールと一緒に、アルミカップやカラフルなプラスチックの楊枝《ようじ》も捨ててしまっていたのだ。小さな海老フライの尻尾《しっぽ》も、プチトマトのヘタも、何ひとつ残っていない弁当箱。食べていないことの、これ以上の証明はない。

中学には給食がなくて、毎日弁当を持参していた。だいたい週に一度くらいの頻度で、危機は訪れていた。弁当のおかずとしてはごくポピュラーな一品だったことは、僕と、そしてたぶん義母にとっても、不幸なことだった。僕は毎度、そのおかずを見ないようにして弁当を食べ、最後に決死の覚悟でミートボールを口に含む。そしてそのまま、全力でトイレに駆け込むのだ。証拠隠滅の後、徹底的に口をすすぐ。それでもやっぱり、軽い吐き気はあった。学校に生ものを捨てられるゴミ箱がない以上、それが唯一で最善の策だと当時は思い込んでいた。

義母にちゃんと言えれば良かったんだと、今なら思う。これだけはどうしても食べられないから、弁当でも、普段の食事でも、ミートボールだけはやめて下さい、と。

でも、どうしても言えなかった。本当の母のことを、あの、突然始まった悪夢のような日々を、そしてそのきっかけになった食べ物のことを……僕はどうしても口にすることができなかった。食べる、という意味でも、言葉にする、という意味でも。

「——行ってきます」僕はもう一度、義母に言った。「あ、言ってたように、今日もバイトなんで、夕ご飯、いりません」

業務連絡のように伝えると、義母もまた、小さな声で「……そう」とつぶやいた。

3

当時の僕は、どちらかと言えば気の弱い、ぼんやりしたところのある子供だった。そしてとても怖がりだった。

たとえば、散歩中の犬が怖い。犬はなぜだかやたらと僕の方に寄ってきて、そのたび必死になって母の陰に隠れたものだ。母も、「ごめんねー、この子、わんちゃん苦手なの」と柔らかく庇《かば》ってくれていた。

そしてたとえば、夜の闇が怖い。闇に潜んでいるかもしれない、お化けが怖い。

虫も怖い。気味の悪いやつはもちろん、友達皆が「スゲー」と言う、カブトやクワガタもほんとのところは怖かった。てらっと光っていたり、固くて尖《とが》っている感じが怖い。

だから切れそうな刃物や刺さりそうな物も怖い。人一倍、痛みに弱くて、だから怪我をするのもとても怖い。痛みを連想させる、人の傷跡や針で突いたような出血ですら、怖い。

突然大きな音で鳴り響く雷も、ものすごく怖かった。眼に突き刺さりそうな稲光も、無数の子鬼がはねているみたいな激しい雨音も。

だけど一番怖いのは、人間だった。

父が仕事で滅多に家に帰ってこなかったせいか、大人の男の人が怖かった。さらに言えば、小学生以上の男はみんな怖かったし、同年代でも乱暴だったり大声を出したりする奴はとても怖かった。女の子の中にだって、意地悪なことを言ったりしたりしてくる子はいたし、嬉しそうに笑いながら酷《ひど》い仕打ちをしてくる子もいた。そういう子たちが、ただひたすら、怖かった。

世の中が幼い僕にとって怖い物に満ちていても、それまでけっこう幸福に生きていけたのは、母がいたからだ。柔らかくしなやかな毛布でくるむように、あらゆる恐怖から母は僕を守ってくれていた……バケモノに喰われてしまうそのときまでは。

母が突然怖いものに取って代わられてしまってからも、当たり前だけれど、僕にはそのことがなかなか理解できずにいた。だからそれまでと同じ庇護を求めて、偽者にまとわりついたり甘えたりしていた。すると返ってくるのは、激しい拒絶に嫌悪、そして無視。このお終《しま》いのが一番こたえた。呼びかけても、応えがない。触れようとしても、邪険に振り払われる。まるで能面のような顔の、両の覗き穴から見え隠れするのは、無慈悲で残忍な鬼の目だ。

激しい混乱と、恐怖。凍りついてしまった、世界。母のわずかな動作や立てる物音に、いちいちびくりと跳び上がる日々。

それでも、最初のうちは思っていた。きっと明日には、元どおりの母が還《かえ》ってくるのだと。今はたぶん、僕が何か悪いことをしたせいで怒っていて、だからごめんなさいと謝り続ければ母も機嫌を直してくれるだろうと。

そうして、朝、目覚めてはそうっと母の様子を窺《うかが》い、改めて絶望する日々を、僕は延々と繰り返すことになった。


あれはニセモノのお母さんなのだと言いだしたのは、タクヤだった。


タクヤの話をしよう。

タクヤは僕の、兄弟であり、親友だった。性格は僕と正反対で気が強く、敏捷《びんしょう》で、知恵と勇気があった。色んな事を教えてくれたし、自分から友達の輪に入っていけない僕に、ただ一人向こうから近づいてきてくれた。園庭の隅で転び、一人しくしく泣く僕を、慰めてくれたりもした。

一度、幼稚園で先生から「タクミくんの一番の仲良しは誰？」と尋ねられ、おずおずと「タクヤくん」と答えたら、すごく怪訝《けげん》そうな顔をされた。

「近所のお友達？　それとも親戚とか？」

真剣に首を傾げられたので、それ以上は何も言えなかった。

家でも同じようなことがあった。母がまだ本物だった頃、「さっき、誰とお話ししていたの？」なんて聞かれることがあった。「タクヤくんだよ」と答えると、やはり母もまた、戸惑ったような表情を見せるのだった。

タクヤは物心ついた頃から僕の側にいて、それは家でも幼稚園でも同じで、けれど他の誰にも見えない存在なのだった……と言うとホラーじみてしまうけれど、幼少期によくある「想像のお友達」だったのだと、今ならわかる。イマジナリーフレンドと呼ばれるものだったのだろう、と。

当時の僕にとっては、タクヤは間違いなく実在していた。とても大切だったし、拠り所でもあった。特に、母が別なものに取って代わられてからは。

偽者の母は、意地悪なだけではなく、嘘つきで狡猾《こうかつ》だった。

僕はその頃、怪我をすることが多くなっていた。乱暴に押しのけられたり、わざと突き飛ばされたり、夜、家中を真っ暗にされてどこかにぶつけたり転んだり……いつも体のどこかに青あざや切り傷をこしらえていた。それを幼稚園の先生に指摘されると、偽者の母はほうっと深いため息をつき、「そうなんですよ……最近、この子、手に負えないくらい乱暴で……いくら注意しても、家の中で暴れるのをやめなくって」ととんでもない嘘をついた。

「タクミくんがですか?」

先生は目を丸くする。僕はごくおとなしい子供だったから。

「そうなんですよ」と偽者は弱々しく言った。「内弁慶で、困っちゃいます。それにこの子、言っても言ってもオモチャを出しっぱなしにして、そこらじゅうに転がしとくもんだから、しょっちゅうつまずいて怪我をしちゃってて」

「僕じゃない」たまりかねて僕は叫んだ。「オマエが家中ぐちゃぐちゃにしてるんじゃないかっ」

母を食べてしまった憎い敵を、お母さんなどと呼べるはずもなかった。だが、先生は驚いたように目を丸くして、偽者はしたり顔に言った。

「ほら、ね……家じゃずっと、こんななんですよ……反抗期かしら。もう、自信なくなっちゃいます……」

すごく哀しそうな偽者の演技に、先生はすっかり騙《だま》されてしまった。

「あー、お母さん、そういう時期ってありますよ、特に男の子は」

そんな感じで、逆に慰めている。タクヤのこともあり、それ以来、先生の僕に対する評価は、『裏表のある、デタラメばっかり言っている子』になった気がする。

その日、家に帰ってからがまた、恐怖だった。玄関のドアをバタンと閉じるなり、偽者は下駄箱の上をどんと叩いた。びくりと首を縮める僕の頭から園帽を乱暴に剝《は》ぎ取り、土足で踏みにじった。剝《む》き出しになった頭を強く叩き、それでも気が済まないのか、両耳をねじ上げられた。痛みに悲鳴を上げると、うるさげに頰をはたかれた。

「ほんとうに気持ち悪い子。あんたなんか、産むんじゃなかった」

吐き捨てるように言い、そのまま偽者はさっさと家に入っていく。玄関には、たまらず泣きだした僕と、乱暴に脱ぎ捨てられた母の靴が残された。

そしてそれきり、偽者は家の中で僕を完璧に無視するようになった。いないものとして扱われたのだ。

まだ、幼稚園がある日は良かった。偽者は外では優しいお母さんを演じていたから、園の制服や持っていく荷物は完璧だった。ちゃんとお弁当も作ってくれた。だから先生も、疑いもしなかっただろう……僕の一日の食事が、その小さな弁当一個だけだった、なんてことは。

まず、料理をほとんどしなくなった。朝はギリギリに起きて、自分はコーヒーを飲んで、僕を急き立てて家を出る。僕の胃は空っぽのままだ。本当のお母さんは、毎朝和食や洋食の美味《おい》しい朝ご飯を作ってくれていたのに。

本物のお母さんの作るご飯は、本当に美味しかった。辛くない麻婆豆腐、優しい味のするカレーは、特に好きだった。それが、偽者は気まぐれに、喉がヒリヒリするほど辛いやつを作るようになった。目を白黒させてむせる僕を見ては、偽者は楽しそうに声を立てて笑っていた。

それでも、その頃はまだ、食べる物はあった。完全に無視されるようになってからは、夕方出かけていっては割引になった弁当を二つぶら下げて帰ってくるようになった。一つは偽者が自分で食べる分。もう一つは僕の分……とは言っても、夕食として食べさせてくれるわけじゃない。その見切り弁当の半分を翌朝幼稚園に持っていく弁当箱に詰め替えるのだ。残り半分はさらに翌日の分。空腹を抱える僕がそれを食べることは許されない。幼稚園で昼食の時間を待ち侘《わ》びて、蓋を開けたらすでに傷《いた》んでいたことがあった。一口食べて、うえっと吐き出す。先生はくんくん匂いを嗅いで首を傾《かし》げ、近くのパン屋でパンを買ってきてくれた。美味しくて、嬉しくて、涙が出た。

お迎えに来たときに弁当のことを言われた偽者は、見事にすっとぼけて見せた。

「あれえ、今日は普通のご飯じゃなくって寿司飯だったんですよ、昨日ちらし寿司でしたから。それが匂っちゃったのかしら？」

「ああ、そうだったんですか」

偽者の大嘘に、先生もすっかり騙されている。本当のことを告げ口する勇気もなく、ただうなだれていただけなのに、家に帰ったらやっぱり叱られた。と言うよりは、怒鳴られ、罵《ののし》られた。

「馬鹿じゃないの、黙って喰ってりゃいいのによー。あんたなんかいなくなっちゃえばいいのに。すっごいキモいんですけどー」

言葉で、強く殴られるみたいだった。心が血を流し、腫《は》れ上がり、喉元まで胸を塞《ふさ》ぐ。僕は泣いた。優しかった母がもうどこにもいない絶望に、ただ、声を殺して泣くことしかできなかった。

それからまもなく、幼稚園は夏休みに入った。偽者は誰の目をはばかることもなく、僕の世話一切を、きれいさっぱり放棄したのだった。

4

人間は食べないと死ぬ。

そんな当たり前のことも、幼かった僕はきちんと理解していなかった。ただ、食べないと、お腹が減る。お腹が減るのは、言いようもなく不快だ……というのが感じていたことのすべてだった。

偽者は昼近くに起き出しては、さっさと出掛けて行き、夜遅くまで戻らない日々を過ごしていた。どこで何をしていたかは知らない。ただ、偽者が家にいる間は、ひたすら息を殺していた。お腹の音が鳴ることさえ、恐ろしくてならなかった。

偽者が出かけてしまうと、ようやくまともに息がつける気がして、ほっとした。

だが、僕のために用意された食事はない。僕一人なら、洗面所でコップに水を汲み、飲むだけが精一杯だったろう。それだけのことさえ、最初は抵抗があった。母は僕に生水を飲ませるようなことはせず、必ず沸かした麦茶や牛乳などで水分補給をさせていたから。

本物の母が買い置きしていた菓子類は、少しの間、僕の命をつないでくれた。それが無くなった時、僕を救ってくれたのは、タクヤだった。

タクヤは僕に、偽者にバレずに食べ物を手に入れる方法を教えてくれた。

まずは、戸棚の奥にしまわれた、クルミや干しぶどうだ。本物の母は、美味しいパンを焼いてくれた。母が作ったクルミパンやぶどうパンの味を思い出すと、今でも口の中に唾が湧く。パンが焼ける香ばしい匂いと共に、忘れられない思い出だ。

海苔《のり》も食べた。甘く味付けしてある海苔は美味しかったけれど、あまりお腹の足しにはならなかった。だから素麺《そうめん》やパスタを水でふやかし、ゆっくり噛んで食べた。冷蔵庫のマーガリンやマヨネーズも舐《な》めた。ジャムや調味料入れの砂糖も舐めた。缶詰も開けたかったけれど、僕には無理だった。冷凍庫の中からパンを見つけて、外に出しておいたら食べられるようになった。夢中で食べ終えてから、ああ、マーガリンやジャムをつければ良かったと気づいた。

食べこぼしやゴミには細心の注意を払った。袋などは細かく畳んでゴミ箱の他のゴミでくるんで捨てた。その頃にはもう、家の中全体がゴミためのようになっていたけれど、偽者は僕が散らかすことを許さなかったから。

とにかくそうして、僕はその夏を生き延びた。最後には生の米さえ食べていた。よくもまあ、と思う。偽者もそう思ったみたいで、「ゴソゴソゴソゴソ、しぶとい鼠《ねずみ》がいるわねえ」と嫌みったらしく言っていた。

当時の僕は、タクヤが助けてくれたのだと信じていたけれど、実際のところは自分の中の生存本能がフル回転して僕を生かしていた、ということなのだろう。自分で産み出しておきながら、タクヤは僕の命の綱であり、すべての拠り所だった。タクヤの存在が無ければ、僕はもっとずっと早い段階で壊れてしまっていただろう。心身のいずれか、あるいは両方が。

けれどそれにも、やがて限界が訪れた。偽者が僕を無視するのにも飽きて、はっきりと攻撃対象としてきたのだ。

「しぶとい鼠」と言われたあたりを皮切りに、「馬鹿」「邪魔」「死ねよ」「臭い」「汚い」……。言葉のつぶてと共に、小突かれたり、突き飛ばされたり、寝ているところを踏みつけられたり、暴力の度合いも、だんだん容赦ないものになってきた。

臭いとか、汚いとかは、真実でもあった。僕はその夏、何週間も風呂に入れていなかったから。身体中が痒《かゆ》くて、べとべとしていて、ひたすら気持ちが悪かった。

母が本物だった頃は、柔らかなスポンジにふわふわの泡を乗せ、優しく丁寧に洗ってもらっていた。苦手な洗髪も、シャンプーハットをかぶせてもらい、いい匂いのするシャンプーで洗ってくれた。あの頃はまさしく幸福な王子様だったと、今にして思う。

偽者は不快げに顔をゆがめ、臭いから風呂に入れと僕に命じた。もちろん沸かしてくれるはずも無く、恐る恐る服を脱いで風呂場に入った。シャワーには手が届かなかった。お湯の出し方もわからないので、取り敢えず蛇口をひねって洗面器に水を溜める。スポンジに石鹸を泡立て、母がやっていたように体をこする。夏だったのが幸いだった。

髪の毛も何とかしなければならないのはわかっていた。シャンプーハットを探し出し、どうにか装着する。どうやって髪を濡らせばいいのかわからず、蛇口の下に頭を突っ込んだ。冷たい水をかぶり、全身がぞくりと震える。シャンプーを泡立てたけれど、頭に塗りたくってもぬるぬるになるばかりで上手く洗えなかった。あまりに長い間洗わなかったせいだろう。一度流してみようと、出しっ放しの蛇口の下に再び頭を突っ込む。お湯が少しぬるくなっているのに気づく。ああ、温かいな、嬉しいなと思っているうち、お湯はどんどん熱くなっていき、終いに僕は悲鳴を上げて頭を引っ込めた。熱すぎる湯がそこいらに飛び散り、僕はまた、悲鳴を上げる。

もうもうと上がる湯気の中、ドアの向こうからは、けたたましい笑い声が聞こえてくるのだった。

ああ、あいつがわざとやったんだと気づく。

その時、笑い声に混じって別な音が聞こえた。電話の呼び出し音だった。偽者が脱衣所から立ち去る気配。

「あ、あなた？　元気？」

偽者が電話に出て言う。おぞましいことに、母そっくりの声で。

お父さんからだ。

そう気づくと同時に、湯気の立ちこめる浴室を飛び出した。助けを求めなければ。そして伝えなければ。お母さんが、食べられてしまったことを。今ここにいるのは、真っ赤な偽者だってことを。

裸のままでリビングに行き、声を限りに「お父さん」と叫ぼうとしたとき。

突然、こちらに背を向けていた偽者が、くるりと振り返ってまったく表情を変えずに僕の腹を強く蹴った。ガハッ、ゴホッと咳き込み、体をくの字に折り曲げる僕の胸を、さらに足でどんとつく。床に仰向けに転がされた僕の口を、偽者はぎゅうぎゅうと踏みつけた。声を出すどころか、息もできない。

「ああ、タクミねえ、ちょっと風邪ひいちゃって。今、寝てるわ。時々、咳が出ちゃって」

無表情のまま、偽者は母の声音で話し続ける。僕に出せるのは、絶望の涙だけだった。今のこの様子をお父さんが知れば、きっと飛んで帰ってきて僕を助けてくれるだろうに。

「ああ、大丈夫、大丈夫」気持ち悪いほど明るい声で、偽者は言った。「病院連れて行ったら、夏風邪だって。心配いらないって言われたわ。ほんとこっち、毎日暑くていやになっちゃう」

楽しげに偽者は話し続け、そして電話を切った。希望の灯火は、こうしてあっけなく消えたのだった。

〈罰〉と称して僕は夜のベランダに追い出された。びしょ濡れで、裸のまま。

じくじく痛むお腹を抱えて丸まっていると、いつのまにか傍らにタクヤがいた。彼は干しっぱなしの洗濯物の中からバスタオルを引き落とし、僕をくるんでくれた。

「……このままじゃ駄目だ。このままじゃ、おまえは死ぬぞ。あいつに殺される」

タクヤがささやく。それは僕自身の内に響いた〈声〉だったのだろう。

僕はこくりとうなずいた。僕は死ぬ。あいつに殺されて……あいつをこのまま野放しにしていたら。

「おれも手伝うよ」力強く、タクヤは言った。「二人で力を合わせて、あのバケモノをやっつけよう」

今でも夢に見る。

ドアを開けて、逃げ出す僕。マンションの共用廊下を走って逃げる僕。追いかけてくる、バケモノ。僕は必死で、非常階段に向かう。偽者も必死だ。僕が逃げ出したら、自分の悪事がバレるから。

そうだよ、と思う。もっと早く、逃げだしてしまえば良かったんだ。自分だけで外に出て、助けてと叫べば良かったんだ。あいつがどんなに悪いやつで、どんなに酷いことをしたか。それに何より、優しかったお母さんを食べてしまって、お母さんに化けているんだって事を。たくさんの人に、報《しら》せて回れば良かったんだ。

バケモノから逃げながら、そんなことを考えていた気もする。そして同時に、やっぱり無理だ、逃げ切れない、追いつかれる、捕まったら最後だ、どんなに酷いことをされるだろう、もうお終いだ、今度こそ。

そんなことも考えていたと思う。

足りなかったのは、勇気。有り余っていたのは、恐怖だった。今ならそうとわかるけれど、当時の僕の幼い頭には、処理しきれない思いがわっと渦巻き、破裂寸前だった。

恐ろしい声と、息づかいと、足音が背後に迫る。僕は必死で階段を駆け下りた。

突然、凄まじい悲鳴が上がる。思わずすくめた肩をかすめるように、何か大きな物が落ちていった。その様子を、僕の目はスローモーションのように捉えていた。すべての音が消え、あんなに暑かった空気が、急激に冷えた。あの偽者が、バケモノが、階段から転がるように落ちている。途中、ゴトッと嫌な音がした。その直前、奴と目が合った気がした。やがて踊り場のところで、まったく動かなくなる。鼻から血がポトポトと垂れ落ち、コンクリの上に広がる。まるで意思を持った赤いアメーバーみたいだ。

やった、やっつけた……という思いよりは、恐怖の方が勝っていた。あわあわと階段の上を見やると、そこにはタクヤが立っていた。彼は僕と目が合うと、とても優しく、にこりと微笑んだのだった。

覚えているのは、そこまでだ。僕にはそれからしばらくの記憶が、すっぽりと欠落している。気がついたら僕は小学生になっていて、父と暮らしていた。大型船に乗る仕事をしていて、年に数回しか戻ってきていなかった父は、転職して毎日家に帰ってきてくれるようになった。僕は放課後や長期休暇を学童保育で過ごし、時々年配のお手伝いさんが来ていた。

そうしてある日、〈新しいお母さん〉がやってきた。一軒家に引っ越しもして、僕の家は一見、ごく普通の家庭になった。

思い出すだけで息が苦しくなるような、幼年時代の恐ろしい日々については、我が家ではなんとなく触れてはいけないものになっていた。父が事件について語ることは無かったし、僕も怖くて口にできなかった。本当の母の写真さえ、残っていない。酷い虫歯になっていた乳歯はすべて生え替わり、痩せて小柄な体軀《たいく》だけが後遺症だ……少なくとも、僕の肉体に限って言えば。

心には、深く刻み込まれている。人はある日突然、モンスターに変わるのだと。平穏な日常なんてものは、あまりにも脆く、儚いのだと。

だから今はただ、毎日をぎくしゃくとやり過ごしている。きんと張り詰めた薄い氷を、うっかり踏み抜いてしまわぬように。

――不安と不信と、底知れない恐れと共に。

5

大学の講義が終わると、家には帰らず直接アルバイト先に向かった。

飲食店の洗い場スタッフがメインの仕事だが、雑務全般なんでも引き受けている。そもそもは、講義で時々顔を合わせる先輩から頼み込まれて、あくまでも一時的な助っ人として入ったのだが、結局そのままずるずると続けることになってしまった。

正直な話、「バイトに精を出していて、家でのんびりする時間が無い」この状況は、僕にとってありがたかった。先輩は、「おまえいつも図書館で時間つぶしてるっぽくて、暇そうだったから」と、単なる顔見知りに過ぎない僕に声をかけた理由を語っていた。大学に入って、最初のサークル勧誘の嵐さえやり過ごせば、一人ぽつんと行動している奴のことなんて誰も気にかけていないと、ある意味安心していた。だから、先輩のいきなりの勧誘には驚いた。無関係の人にまで見透かされていたかと、少し不安にもなったし、身構えもした。

けれどその先輩――一年上で、滝本《たきもと》さんという――は、僕がとっさに張り巡らせたバリケードを、いともたやすく超えてきた。

先輩と出会ったのは、四月下旬の頃だ。講義中、隣に坐《すわ》った男が「腹減ったー」とつぶやきながら、鞄をゴソゴソやっていた。早弁をするつもりらしかった。僕の視線に振り向き、彼はにやっと笑って「ちょっと失礼」と言った。そして弁当箱の蓋を開いた途端、妙に場違いな電子音が鳴り響いた。このメロディは……。

「うおっ、やっべ」

早弁男は慌てて蓋を閉じたが、時既に遅かった。「こらっ、そこ。何やってる」と講師からの叱責が飛んだが、男はあっけらかんとしたものだった。

「すんませんっ、弁当箱にかーちゃんの愛が仕込んでありました。あっ、俺、今日誕生日なもんで」

皆がどっと笑う。講師も苦笑し、

「まだ二限目だぞー、かーちゃんの愛はまだしまっとけ」

と言っただけでそのまま講義を続けた。

たまたま三限目も同じ教室だったので、そのまま座り続けていたら、隣の男は待ちかねたように弁当箱の蓋を開けた。またもや鳴り響く、ハッピーバースデーの電子メロディ。周囲からくすくす笑いの声が聞こえてくる。教室を出るところだった講師が振り返り、「親はありがたいな」と声をかけてきた。

「はいっ」と元気よく答えつつ、隣席の男はもうわしわしと弁当をかっ込んでいる。その間も電子音は鳴り響いているので、ついしげしげと見つめてしまった。おそらく、バースデー用のメロディカードを流用したものだろう。面白いことをする母親もいるもんだなと思いながら眺めていたら、視線に気づいたのか相手はぐるりと顔を回して僕を見た。そして何を勘違いしたのか、「仕方ねーな」とつぶやくとプラスチックの楊枝で卵焼きをぐさりと突き刺し、「ほれ」と目の前に差し出してきた。

「オマエも腹が減ってんだな。もったいないが、やる」

思わず受け取って、ぱくりと食べてしまった。卵焼きは甘くて香ばしかった。

これをきっかけに、滝本さんはよく僕に話しかけてくるようになった。いきなりどかっと隣に坐っては、いそいそと弁当を広げ、僕に向かって「食うか？」と卵焼きを差し出す。やがて気がつくと、僕は滝本さんの言いなりに、彼のバイト先である和食レストランに向かっていた。なんでもバイトが数人、突然辞めてしまって困っていたのだそうだ。

「店長、こいつ、大学の後輩っす。卵焼きで餌付けして、連れてきました」

そんな紹介をされ、僕は笑いと共に店の皆に受け入れられた。

滝本さんはその店で長く働いていて、店長の信頼も厚かった。その滝本さんが丁寧に仕事を教えてくれて、どうにかこうにか続けられている。お客さんと直に接しなくていい裏方だったのと、先輩を含めた他のスタッフ陣も総じて他人に深く関わりたがるタイプじゃなかったのもあって、けっこう居心地が良かった。文字通りの意味で、当たり障りのない関係だ。当たらず、障らず。敬して遠ざける……人づきあいに関して、僕の裡《うち》に浮かぶのはそんな慣用句ばかりで、しかしそれでも何とか、うまくいっている。今のところは。

このアルバイトでありがたいことは他にもあった。まかないが出るのだ。外食なら、僕は比較的気楽に食事ができる。そして和食レストランのまかないで、鬼門のミートボールが出てくる心配もない。

働くことは、苦にならなかった。その事実に、僕は少し安心していた。一刻も早く家から抜け出して、社会人として独立したかった。できれば機械を相手にするような仕事に就きたかった。家で引きこもったり、ニートになったりする人の気持ちが、僕にはどうしても理解できない。そりゃ彼らにだって、色んな事情や理由はあるんだろう。だけどもし、引きこもった小さな世界がある日突然、ぺしゃんこに潰れてしまったら？　蟬の抜け殻を壊すみたいにあっけなく。

彼らは未だ恐れを知らないだけなのか。それとも、恐れて恐れて、それでも飛び立てずにいるだけなのか。

他人のことは僕にはわからない。学校とか、仕事先とか、外に地獄を見てしまった人たちが、自分の部屋をバリケードにして立てこもる気持ちが、まったく理解できないわけじゃない。しかし家の中の地獄を経験してしまった僕にしてみれば、全方位の逃げ道を自ら塞《ふさ》いでいるみたいな彼らの行為は、完全な自殺行為としか思えないのだ。

一度、滝本さんとそんな話をしたことがあった。前後の流れは覚えていない。僕の見解を控え目に伝えたら、滝本さんはぽりぽりと頭を掻きながら、「うん、まあ、そういう状態ってのは結局、ある程度恵まれている故の不幸なんだろうなあ……」とつぶやいた。

僕はそれを聞いて、わずかな苛立《いらだ》ちを覚えたものだ。滝本さんこそ、内側も外側も、すごく恵まれているじゃないかと思ったから……完全に。完璧に。

滝本さんの日常なら、きっとしなやかで強いんだと思う。あっという間にバラバラになったりはしないんだろう。何だか羨《うらや》ましいような、ねたましいような、憧れるような、複雑な感情が湧き起こる。

僕の表情をどう取ったのか、ふいに滝本さんが真剣な顔で言った。

「あのさ、おまえさ、なんかあったら、俺を頼れよ」

こんな唐突なセリフを言わせてしまうくらい、今の僕は危なげな様子をしていたのだろうか？不安になりつつ、「あ、どうも……」などともぐもぐした返事をした。

それからしばらく経ったある日のこと。

家に帰って、リビングにいる義母にちいさく「ただいま」とつぶやいて、そのまま自室に引っ込もうとしたとき。

忘れようにも忘れられないあの音を、僕は背中で聞いた。見なくたってわかる。あれは……。

バンッ、と両手をテーブルに思い切り叩きつける音。

とっさにびくりと体をすくませ、それから恐る恐る振り返る……。振り返りたくない、いやだいやだと思いつつ、けれど確認せずにいるのはもっと怖かった。

だが、直後に僕は自分の選択を悔やむことになる。

テーブルの向こうには、両手をテーブルにつき、半ば屈《かが》んだ姿勢の義母が立っていた。いや、おそらく義母だったのだろうが、よくわからない。

そこにいたのは、振り乱した髪の毛を顔の前にばさりと落とした、悪鬼か幽霊そのものみたいな女だった。

たぶん僕は、ものすごい悲鳴を上げたんだと思う。それに呼応して、相手も小さく悲鳴を上げたように思うけれど、ほとんど聞いていなかった。

僕はそのまま玄関にとって返し、靴をつっかけた状態で、みっともなくも家から逃げ出したのだった。

まただ、まただ、また同じことが起こった。義母までが、バケモノに喰われてしまった。もうお終いだ。

もうあの家には帰れない、と思った。父親はこんなときに限って出張だ。

幸い、荷物は持ったままだった。財布と携帯電話がある。銀行のカードも持っている。少なくとも、五歳のあの頃ほどには絶望的な状況じゃない。

少しずつ落ち着いてきた僕は、夜の公園のベンチに坐り、携帯電話を取りだした。迷わず滝本先輩の番号にかける。あの人は、何かあったら頼れと言ってくれた。困ったとき、怖いとき、助けてくれる誰かがいるのは本当にありがたいことだ……タクヤのように。

タクヤは自分で産み出した存在だから、僕の都合に合わせて動いてくれた。だけど先輩は、単に大学が一緒で、バイト先が同じなだけの、他人に過ぎない。期待しすぎちゃいけないと、自分に言い聞かせながら相手が出るのを待つ。十回ほど呼び出し音を聞いてから、諦めて切ろうとしたとき、先輩が出た。

「わり。便所行ってた」

相手のそんな第一声に、硬直していた体が溶けるほどほっとする。

とっさにどこから話していいかわからず、まごついていたら、こちらの様子に気づいたのか、先輩は「いいから落ち着いて、最初から話せ」と言った。

最初から、となると、五歳当時まで遡《さかのぼ》らなければならない。少し迷ったが、重ねて促され、ぽつりぽつりと話し出した。初めて人に語ってみると、何とも荒唐無稽な話である。それでも、「それで？」と先を促す先輩につられて、すべてを話してしまった。ついさっき、義母に起きた出来事まで。

聞き終えて、先輩は「ふん」とうなずいたような音を立てた。

「おまえんちの最寄り駅、ファミレスとかあるか？　そこ行って、待ってろ。今から行く」

耳を疑った。来てくれるって？　今から？　電車に乗って？　そんな、迷惑なこと……申し訳ないこと、させるわけには……。

そんな内心の思いとは裏腹に、僕は素直に「はい」と答えた。どうしていいかわからない時に、「こうしろ」と言ってもらえるのは、正直ありがたかった。

駅前のファミレスでコーヒーを飲んでいると、しみじみ情けなくなった。なぜ僕ばかりがこうも酷い目に遭うのだろう？　世の中の人は皆、暢気《のんき》で幸せそうに見えるのに。

ふと、恐ろしい疑惑が首をもたげる。もしや僕には、身近な人をモンスターに変えてしまう何かがあるのじゃないか……人を酷《ひど》く苛立たせたり、怒らせたり。

なりはでかくなったって、僕は五歳の頃と何も変わらずこうして硬直している。しかしさすがに、本当のお母さんが化け物に食べられ、偽者がそれに取って代わったのだと信じ続けられるほど子供ではいられない。信じたくなくても、あれはまさしく母だったのだ。

僕はあの事件以降しばらくの記憶を失っている。だけどよりによって、一番忘れたいはずの、一番恐ろしい部分だけはしっかり覚えている。まるで、檻《おり》に閉じ込め切れなかった猛獣が抜け出し、暴れるように。

——それとも。

僕はもっと恐ろしく忌まわしい可能性に気づき、慄然《りつぜん》とする。

記憶の中で、タクヤがバケモノをやっつけた、ように見えた。だがタクヤは僕が産み出した、おそらくは第二の人格で、実際には——。

実際には、僕がお母さんを突き落として殺した？

そんな、馬鹿な。でも、もしかしたら？

ふいに肩を叩かれ、危うく叫び声を上げそうになった。

「うおっ、びっくりした」

滝本先輩だった。僕の驚きように、逆に驚いたらしい。続けて「なんて顔してる」とも言われた。

「……やさしかったおかあさんが……」絞り出すように、僕は言う。「おそろしいバケモノにたべられてしまった」

6

玄関のドアは、僕が出て行ったそのままに鍵が開いていた。僕の家なのに、滝本先輩が率先して中に入る。一緒に行ってやるから一度家に帰れと、先輩に説き伏せられたのだ。

「失礼します」と先輩がリビングに入ると、テーブルに突っ伏していた義母が顔を上げた。その顔は、涙に濡れていた。

「タクミさん？」

僕を見てそうつぶやいた義母の様子は、哀しげではあったけれど今までとは変わらず、僕は腰が抜けそうなくらいほっとした。取り乱して飛びだした自分が、今さらながら恥ずかしくなる。だけど、義母は泣いていた。一体なぜ？　やっぱり、僕のせい？

当たり前だが、義母は先輩をいぶかしげに見ている。馬鹿みたいに突っ立っている僕をよそに、先輩はまた口を開いた。

「こんな夜中にすみません。滝本と申します。こいつの大学の先輩で、バイト仲間でもあります」

「それは……いつもお世話に」

口ごもりつつ、義母は身なりを気にしている。確かにいきなり知人を連れて押しかけるには、非常識な時間だった。

「ほんとに申し訳ありません。すぐに帰ります。ただ、タクミ君に本当のことを教えてあげて欲しくて、それをお願いに来たんです」

「……本当のこと？」

髪を撫でつける手を止めて、義母がつぶやく。

「はい。タクミ君は幼い頃、本当のお母さんを殺してしまったと思っていて、それでとても苦しんでいます」

義母は少し腫らした眼を見開いた。

「殺した？　そんな馬鹿なこと……」

先輩はゆっくりうなずく。

「そう、馬鹿なことです。タクミ君はお母さんを殺していない……だって、今ここにいるあなたこそが、タクミ君の本当のお母さんなんだから」

丸きり意味がわからない。何を言っているんだと先輩を見、次いで義母を見やると、引きつったような顔で硬直していた。

しばらく経っても誰も何も言わなかったので、しびれを切らしたように先輩が言った。

「俺、部外者だから推測することしかできませんが、間違ってたら言って下さいね。それまで良い母親だったあなたが、突然タクミ君を虐待し始めたのは、病気が原因ですね？」

「病気？」

思わず聞き返す。いや、それ以前に、あり得ない、おかしなことを聞かなかったか？

まるで先輩はこう言っているみたいだった。

優しかった母と、ある日突然豹変した偽者の母と、そして今ここにいる義母と……それがすべて同一人物だと。

いや、最初の二人はいい。僕もうすうすそうじゃないかとは思っていて、ただ、心が認めたがらなかっただけなのだから。

だけどどうして、産みの親と義理の母がイコールで結ばれるのだ？

先輩はすごく優しい口調で、義母に向かって言った。

「脳出血か……いや、おそらく脳腫瘍《しゅよう》ですよね？　腫瘍ができる部位によっては、人格が一変してしまうことがあると聞いたことがあります。幼かったタクミ君が異変に気づくだいぶ前から、体調が悪かったのではないですか？　酷い頭痛に悩まされた、とか。それで家事も思うようにできなくなっていた、とか」

はっとする。床に転がったミートボールに、まとわりついていた綿埃や髪の毛。きれい好きだった以前の母からは、考えられないことだ。床はいつもピカピカで、僕がいくらテーブルの下に潜り込んで遊んだって、服に汚れがつく事なんて絶対無かったのだ。

ある日突然、豹変したわけじゃなかった。異変は空気中に漂う埃のように、少しずつ、少しずつ、降り積もっていたのだ。

「……病気で苦しむお母さんを、僕は階段から突き落としたのか」

愕然《がくぜん》としつつつぶやくと、先輩は首を振った。

「おまえは突き落としてないし、あの事件のことを気に病む必要も無い。あの事故があったから、お母さんは手遅れになる前に病院で脳を検査してもらえたんだ。そうですよね、お母さん」

母はかすかにうなずく。

「じゃあ……」僕は思わず大声を上げた。「じゃあなんで、そう言ってくれなかったんだよ。僕はずっと、お母さんのことを……」

「あなたのことを、傷つけてしまったの」ふるえる声で、母は言った。「取り返しのつかないくらい、傷つけてしまったの。あなたの中で本物の私も、偽者の私ももう死んでいて……それを覆すことは、怖くてできなかったの。だから退院した後、お父さんと相談して、新しいお母さんとしてあなたの前に現れることにしたの」

「……そんな……」

つぶやいたきり、後が続かない。

母の言葉が呑み込めるにつれて、腹の底からもやもやとしたものがせり上がってくる。

それは、かつて覚えたことが無いほどの激しい感情だった。

要するに、僕はずっと騙されていたのだ。嘘をつかれていた。長い間ずっと、欺《あざむ》かれていた。

実の母を義理の母と思い込まされ……本物が突然偽者になり、今度は偽者がいきなり本物になり

……わけがわからない。

「馬鹿じゃないの？」沸騰するような怒りと共に叫び、テーブルを強く叩く。母が小さく悲鳴を

上げた。かまわずまた両手を振り下ろす。「馬鹿じゃないの、馬鹿じゃないの、そんなのずっと隠し通すつもりだったわけ？　いつまでもバレないわけないじゃないかっ」

混乱の中で振り回した手が当たり、椅子が大きな音を立ててひっくり返った。また上がった母の悲鳴さえ、気に障る。もっと相手を非難しようと息を吸ったとき、ふいにパシャリと首筋が濡れ、冷たい液体が背中を伝い落ちていった。

「お・ち・つ・け」空のコップを持った先輩が、一音一音区切って言った。「おまえが同じこと、しててんじゃねえよ」

先輩が指し示す母は、テーブルの下で小さくなって、涙をぽろぽろこぼしながら怯《おび》えている。一方仁王立ちになった僕は、もうとっくに母の身長を超えている。気づいてみれば、これははるか過去の構図の、逆転なのだった。

「……先輩にはわからないですよ」しかしふるえる声で、僕は抗弁する。「先輩は、実の親から酷い裏切りにあったこと、ないでしょう？」

あるわけがない。毎日、母親の愛情のこもった弁当を、能天気に食べている先輩なのだから。

案の定、先輩はうなずく。

「ああ、ないよ」

そんな先輩に、思わず怒りが飛び火する。

「先輩にはわからないんだ。一番身近で、心から信頼しきっていて、すべてを委《ゆだ》ねていて……愛してくれていると信じ切っていた人が、ある日突然豹変してしまう怖さを。先輩は、実の親からそんな目に遭わされたことはないでしょう？」

「ああ、ないね」静かに先輩は言った。「俺、放置児童だったから。いわゆるネグレクトっての。そういう意味じゃ、親の態度は終始一貫してたけどな。無関心ってやつ。俺のこと、ほんとにどうでも良かったんだよ。だから豹変されたことも、裏切られたことも、ないね」

いぶかる僕に、先輩は明るく笑って言った。

「あ、ちなみに今の両親は児童養護施設から俺を引き取ってくれた人たちね。正真正銘の、義父母だよ」

先輩の言葉に、膨《ふく》らみきっていた僕の怒りは、みるみるしぼんでいく。抱えきれないと思い、今にも爆発させようとしていた僕の負の感情が、突然、ひどく理不尽で傲慢《ごうまん》なものに思えてきた。

「……ねえ、おばさん」先輩は、朗らかに母に語りかけた。「さっき、こいつがすげえ情けねえ顔で泣きついてきたんすけど。ママがいきなり机叩いた、怖いヨーってさ」

あんまりな言われ方だが、事実なので赤面するしか無い。母は先輩の明るい口調につられたのか、わずかに口許を緩めて答えた。

「あ、それは……うっかりうたた寝をしていて……タクミさんが帰ってきたから、慌てて立ち上がろうとして、よろけて……少し、寝ぼけていたのね」

「だってよ、タクミくん。再発を心配していたんだが、違ったみたいで良かったな」

片目をつぶられ、僕はうろたえた。言葉を見つけられずにいるうちに、先んじて口を開いたのは、母だった。

「……怖かったの」眼をいっぱいに見開いて、母は言う。「たとえばね、お酒を飲んで人格が変わってしまう人がいるでしょ。酷い暴言や暴力や……お酒さえ飲まなきゃ、いい父親なのに、とか、そういう人。でもね、何かの本で読んだの。お酒を飲んで酔っ払っている状態が、その人の本性なんだって。日頃理性とか自制心とかで抑えているものが、抑制を失って解放された状態なんだって。私もね、同じだと思ったの……自分が怖いの。だってタクミを苦しめたのは事実で、病気のせいって言っても、もしかしたらそれが私の本性だったんじゃないかって……それなら、また私は同じことをしてしまうかもしれない。病気の再発以上に、それが怖かったの。怖くてたまらなかったの……」

何を言ってるんだ、と思った。

怖かったのは、この僕なのに。人を恐れ、とりわけ〈母〉というものを恐れ、びくびくと長い間怯え暮らし……。本当に長い、間。おそらくは、母と同じだけの、長い、時間を。

——母も、同じ、あるいはそれ以上の苦しみを抱いていた？　持て余すほどの、恐怖を。

「あ……」

何か言わなけりゃ、応えなけりゃと思いつつ、それ以上言葉が出て来ない。

ふいに肩をポンと叩かれた。

「あー、もう今日はやめ。終いだ。良い子は寝る時間。お母さんも寝る時間。おまえ、今日俺んち泊まれ。うちのかーちゃんはいつだって俺の友達大歓迎だから。だから、さ」先輩は僕の肩においた手に力を込める。「一晩ゆっくり寝て、メシ喰って元気出して。それからでも、遅くないっしょ、責めたり、話し合ったりするのは、さ。だっておまえとおばさんが親子ってのは、変わんないんだから……時間はたっぷりあるんだから、さ」

それじゃーお邪魔しましたーと陽気に言い置き、先輩は僕を引きずって家を出た。

今日、この夜、僕は何度も何度も滝本先輩に救われた。天地がひっくり返ったようなパニックの中で、その事実だけが揺るがない。

感謝と疑問を込めて、聞いてみた。

「先輩は僕に何かあったら頼れと言ってくれていましたよね。それはなぜですか。それに、母が脳腫瘍だったなんて、どうして気づいたんですか？　そもそもなんで最初っから、僕のことをあんなに構ってくれていたんですか？」

「あー、うーんとねー」ずいぶんと気の抜けた調子で、先輩は言った。「おまえ自覚ないだろうけど、いっつもさー、腹が減ってたまらんって顔をしていたんだよ。変な話、おまえ見てると、雛《ひな》に餌を運ぶ母鳥みたいな気がしてきてさ、何か使命感って言うか。そしてさ、大昔、同じようなことあったなあって、思い出したんだ」

先を行く先輩が、振り返ってにやりと笑う。

「俺さ、おまえにフルネーム言ったことなかったよな？　滝本卓也《たくや》ってんだけど」

ぽかんとする僕に、先輩は立ち止まって笑った。

「あれれれれ、忘れちったの？　おまえがつけてくれた名前じゃん」

「タク、ヤ……？」

この夜幾度《いくど》目かの、「そんな馬鹿な」であった。タクヤはあくまで、僕の想像上の友達だったはずだ。誰にもタクヤは見えなかったし、誰もタクヤのことを知らなかった。

「何もそんな、ユーレイ見ちゃったみたいな顔しなくても」

やや気まずげに先輩は顎《あご》を掻く。

「僕にとっては幽霊同然の存在ですよ……なんでほんとにいるんですか？」

僕の質問も、だいぶおかしい。先輩の顔は、いっそう気まずそうになった。

「せっかくさ、俺さ、ミステリ小説とかに出てくる神の如き名探偵、みたいに思ってくれたかもなのにさ、残念っつーか悪いんだけど、すげー盛大な後出しがあるんだよ。何のこたーない、あの当時ね、俺、おまえの近くで一部始終を見てたの。俺んち、あの頃おまえが住んでたマンションの隣の部屋でさ、ベランダの仕切り板あるじゃん、非常時にはぶっ壊して避難できるやつ。あれがさ、板をスライドさせると細い隙間が開くことを発見したわけ。子供なら出入りできる感じでさ。で、俺って放置子だったじゃん？　寂しいし、腹は減るしで、おまえんとこによく遊びに行ってたわけ。おまえ、おやつ分けてくれたりさ。おまえのお母さんはおまえがベランダで遊ぶのが好きって思ってたみたいだけど。でさ、窓から見たんだよ。お前がお母さんの頭に手を当てて、『痛いの痛いの飛んでけー』ってやってるとこ。それも何度も。そんときはただ、いいなあって思ってたけど、今にして思えばあれは……」

先輩は、「いや、ていうかこれ覗きだよな、今さらだけどごめん」などとごにょごにょ言っていたが、そんなことはどうでも良かった。

「でも……幼稚園でも近くにいたよ、タクヤは」

「だって同じ幼稚園だったもん」事もなげにそう言われた。「俺のが年上だったから、一緒にいた期間は短かったけどさ」

「でも、幼稚園の先生に聞いても、そんな子いないって」

「だってその頃は全然違う名前だったもん。俺、滝本家に養子に入った時、苗字が変わるついでに名前も変えたんだ。だってひってー名前だったんだぜ？　ペットかよ、っていうような。俺の希望がすんなり通って簡単に改名できちゃったんだから、どんくらい酷かったかわかるってもんだろ？」先輩はニカッと笑った。「俺、おまえにつけてもらった今の名前が好きなんだ」

　僕は呆気にとられて先輩を見やった。

「僕に……食べられる物を教えてくれたよね。そして……一緒に力を合わせて、バケモノを倒そうって」

「あー、あれねー。子供はやべーよな。俺、おまえが捕まりそうだったらおばさんのこと、突き飛ばそうって本気で思ってたんだからな。だけど自分で落ちちゃったから、マジでやった、やっつけた、とか思ってたよ。ほんとやべーわ。おばさん無事で良かったよ」

「……あの後って、どうなったんですか？　覚えてる？」

「そりゃもう、てんやわんやだったよ。救急車は来るわ、おまわりさんは来るわ……で、その時のドサクサに紛れて、俺も放置されてるってことを訴えたんだよ。ほんのいっ時だけど俺ら、同じ施設に保護されていたんだぜ。おまえはしばらく病院にいたみたいなんだけどさ、こっちが話しかけてもうんともすんとも言わなくってさ、終いには怖がって泣き叫び出すんだよ……そんですぐにまた、どこかに連れて行かれちゃった……すごく気になってたよ。つっても、大学で再会するまでは忘れてたけどね。おまえ、あの頃と全然変わってないのな」

先輩はおかしそうに笑ったが、こっちは情けない思いでいっぱいだった。

先輩だって僕と同じ、いや僕以上に酷い幼年時代を過ごしてきた。けれどそんな過去なんてどこ吹く風、蟬が土中から這《は》いずりだして脱皮するみたいに、見事に今を生きている。抜け殻が踏みつぶされようが、そんなことには頓着しない。陽気に、賑やかに、今を生きている。

果たして僕も先輩みたいになれる日がくるんだろうかと考えたとき、滝本先輩はやけに残念そうにつぶやいた。

「あー、もしおまえが可愛い女の子だったらなー。すげードラマチックじゃね？　絶対、これって恋が生まれるシチュエーションじゃね？　それがなー、こんな貧弱小僧じゃなー」

「貧弱小僧で悪かったですね。それよか先輩のせいで、背中冷たいんですけど」

文句を言いつつ、笑えてしまう。滝本先輩も、肩を揺すって笑っている。

僕は長い間、土の中に埋もれて、幼虫の夢を見ていたのだと思った。今、ようやく夏の悪夢から目覚めることができた。

光に満ちた本物の夏が、きっとこれから始まる。

体に詰まった泥を吐き出すようにして、僕は声を立て、心の底から笑った。

フー・アー・ユー?

1

僕は人の顔が識別できない。

そうカミングアウトすると、たいていの人は「なんだそりゃ？」って顔をする……いや、たぶんそんな表情を浮かべているんだろうけれど、それが僕にはわからない。ただ、相手の態度とか、文字通り「なんだそりゃ？」と口に出される言葉やなにかで僕はそう判断する。

ときどき、「ああ、相貌失認《そうぼうしつにん》ですね」と答えてくれる人もいる。俳優のブラッド・ピットが、自分がそれかもしれないと告白したせいで、最近じゃわりと認知度も上がったように思う。

人の顔だってことはわかる。目や鼻や口があるってことも、わかる。だけどAさんBさんCさんの区別がつかない。下手すると男女の別も、年寄りと若者の区別もつかない。相手がしゃべったり動いたり、あとは服装や髪型や体型なんかで、ああ、若い男だなとか、おばあちゃんだなとか、ようやくわかる。

想像してみて欲しい。たとえば一個のミカンを見せられて、すぐにカゴいっぱいのミカンの中に混ぜられてしまう。さあ、さっきのミカンはどれでしょうと言われて、果たして正確に選び出せるものか。

もちろん最初のミカンをじっくり時間をかけて観察し、皮の細かな凹凸とかわずかな傷とか、そうした特徴を探し出せれば見つけられないこともないだろう。すべて同じサイズの、つるりときれいなミカンばっかりならもうお手上げだけど。しかも時間が経ってしまったらどうだ？

駅前で突然、ミカンとばったり出くわして、「おや、こんにちは」と話しかけられたとする。それが昨日会ったばかりのミカンだか、それとも半年前に会ったきりのミカンだかなんて、僕にわかるはずもない。声で男女の別やおよその老若はわかるけれども、よほど特徴のある声ならともかく、それで個人識別は不可能だ。体型にしても同じくで、髪型や服装なんてものはその時々で変わってしまうものだし。

大人がよく、「近頃流行《はや》りのＡＫＢなんたらはみんな同じ顔に見えちゃってねえ、区別つかないんだよ」なんて言っているのに、深く頷《うなず》いてしまう。ＡＫＢだろうとジャニーズだろうとエグザイルだろうと、多人数のグループはみんな同じ顔だ。いや、もっと少なくても、一人でも、同じっちゃ同じだけど。ももクロみたいに色分けしてくれると、すごくありがたいのにと思う。ああ、そう言えば子供の頃に見ていた戦隊物なんかだと、変身前のドラマ部分はそっぽ向いていたのを覚えている。母は「闘いのシーンしか見ないんだから」と笑っていたけれど、つまりは役者の顔がわからなかったせいなんだなと、今さらながら腑に落ちる。映画やドラマを見ていても、すぐに筋がこんぐらがってしまうのだ。なにしろ感動の再会とか、まさかのあの人が裏切り者とか、真犯人は誰々だとか、最高に盛り上がるべきところで浮かぶ感想は「……誰？」なんだから。

僕が実写よりもアニメを好む理由はこのあたりにある。特に、奇抜な髪型や髪色、コスチュームなんかでキャラ立てをしている作品はとてもわかりやすい。逆に登場人物がしょっちゅう髪型や服装を変えていたりするお洒落系アニメは鬼門だ。あっという間に登場人物の見分けがつかなくなる。もっともアニメの場合は声優（のキャラ立てされた声）で判断する方法もあるので、その点でも物語を見失いにくいのが助かる。ゲームにしても同様で、ああ日本に生まれて良かったと、つくづく思う。

幼い頃は、うすうす何か変だと思いつつ、それほど大きな問題もなかった。人間関係もごくシンプルだし、誰かに声をかけられてもじもじしていても、「あら恥ずかしがり屋さんね」で済んでいた。小学生になると、ありがたいことに皆が名札をつけていた。服装も髪型もみんなバラバラだったから、個性が発揮されやすく、覚えるのもそんなに難しくなかった。何より、自分が人と違っているということに気づいていなかったので、細かな失敗は山と重ねつつも、それで特に落ち込むこともなく、けっこう暢気《のんき》にやって行けていた。

決定的につまずいたのは、中学生になってからだ。

僕が入学した中学には、なぜか名札がなかった。当然皆が同じ制服で、しかも校則が厳しくて髪型のバリエーションが少なかった。担任の先生も顔を合わせるのはホームルームの時だけで、後は次々と別な先生がやってくる――さあ大変だ。

僕はただ一人、のっぺらぼうのただ中に放り込まれてしまった。

人生で初めての、そして最大の挫折である。

それでなくとも新生活のスタートで、覚えなきゃならないこと、学ばなきゃならないことは山ほどある。なのに一ヵ月経っても、二ヵ月経っても、いや、もう夏休みになろうという時期になっても、ほとんどのクラスメイトは僕にとって判別不能だった。同じ小学校出身で、顔見知り程度の人が一番困る。向こうはたぶんにこやかに僕の名を呼んでくれているのに、こっちには相手が誰だかわからない。必死で合わせているうちに、何か頼まれごとをしようものなら最悪だ。

「これ、田中に渡しといてよ。じゃな」みたいに立ち去られ、さあ困った、田中はどこだ。そもそも今のは誰だったと、まるで『はじめてのおつかい』なみの涙ぐましい大冒険がスタートしてしまう。

その頃になると、どうやら僕は人より相当、いや壮絶に物覚えが悪くて忘れっぽくて薄情らしいぞと、気づいてしまっていた。あまりにもちぐはぐでとんちんかんな受け答えをして、相手を苛立《いらだ》たせたり怒らせたりすることが増えた。おそらく「怪訝《けげん》な顔」ってやつはもっとたくさんさせていたのだろう。

人は通常、相手の表情から「今は機嫌が悪いんだな」とか、「あっ、今、むっとした」とか、「どうもこの話題はタブーらしい」なんてことを読み取るものなのだろう。僕にはそれが一切できない。だからたちまちのうちに、「すっげー空気読めないヤツ」という認定を受けてしまった。読めないのは空気ではなく表情なのだと、当時の僕にはわかりようもない。わからないなりに、僕が人を不快にさせてしまうという事実はどうしようもなくあった。自分が馬鹿で、駄目で、空気が読めないイヤな奴で、だから人から嫌われ、人に嫌な思いをさせてしまうんだと、認めてしまうのは本当に辛かった。だって普通なら中学生なんて、自意識が風船みたいに日々むくむく膨《ふく》らみ続けるような年頃だろう。そこへ鋭い針を突き刺すようなことばかり起こるのだから、僕の自意識なんて絆創膏《ばんそうこう》だらけのしぼんだ風船だ。自己嫌悪と自信のなさとぺったんこになったプライドと。それらをこねて丸めた泥ダンゴみたいなのが、当時の僕の姿だ。思い出してもげんなりする。

泥ダンゴがぐしゃりと潰れずに済んだのは、僕が一応、勉強だけはできたからだ。生活面での僕は、馬鹿で物覚えが悪い。けれど不思議なことに、教科書の内容を暗記することは、普通に努力すればできる。劣等感の海で溺れずにいるためには、せめて勉強を頑張るしかなかった。だから昼休みや放課後は、図書室の片隅でいつも机に向かっていた。入り口からは死角になる位置にあり、利用者には背を向ける格好になるお気に入りの席があった。そこで毎日、考えていた。

どうして他の皆には当たり前にできることが、僕にはできないのだろう？　どうして毎日がこんなにも辛くて、恥ずかしくて、情けないのだろう？　どうしてこんなにも、生きにくいんだろう？

そんな苦しい自問自答に、答えが落ちてきたのは、暗黒の中学時代が終わりに近づいた頃のことだ。

相貌失認という言葉に行き着いたのだ。

インターネットでたまたま目にしたある症例は、怖いほど自分の状態と似ていた。あのときの気持ちは、忘れられない。画面をスクロールしながら、無意識のうちに僕は泣いていた。何度も何度もそのページを読んでから、僕は母をパソコンの前に呼んだ。何事かと驚きながらやって来た母だったが、画面に表示された文章を読み、僕と同じく腑《ふ》に落ちることがあったらしい。

「……僕、たぶん、これだよね」

つぶやくように言うと、母は無言で頷いた。そして僕と同様、何度も何度もそこに書かれた文章を読み返しているみたいだった。そして母もまた、泣いているらしかった。

母は僕のことを、やはり何かがおかしいおかしいと、心配していたそうだ。幼い頃、僕が描いた人物の絵にはすべて、顔がなかったこと。美容院から出たところでちょうど鉢合わせしたとき、声をかけるまで僕が母だと気づかなかったこと。たまにしか会わないとは言え、親戚の顔をまったく覚えないこと。遠足や修学旅行の集合写真で、「仲がいい○○君ってどの子？」という単純な質問に、なかなか答えられないこと。

違和感は、山ほどあったらしい。けれど視力に問題があるわけでもなく、日常生活もごく普通に見える。長じるにしたがって、人物画にも目鼻を描き込むようになった（おそらくこれは、人物の絵にはそういうパーツを定位置に描き込むべしと学習したためだろう）。だから、単に人の顔を覚えるのが苦手なのだなと、そういう個性なのだと、考えていたのだそうだ。

「これは……治る病気なのかしら？」

泣きそうな声で母が言い、僕は首を振った。

そもそもこれは病気とは言えない。先天性、あるいは後天性の脳の障害なのだ。色覚異常が治らないのと同様、相貌失認も今のところは正常にする方法がないのだそうだ。そしてこうした症状は、実はそれほど珍しいわけでもなかった。だいたい人口の二パーセントくらいに現れるものらしい。意外と多い、と思った。クラスにはいなくても、学年には数人いる計算だ。

色覚異常は日本人の男性の場合、二十人に一人程度だという。共学なら一クラスに一人くらいか。それよりは、少ない。けれど確実に、いる。

「そこまでレアな障害ってわけじゃないらしいよ」

と僕は説明したが、もちろん母がそれで慰められるはずもない。説明文の後天性、という部分を指差して、ふるえる声で言う。

「あなた昔、ベビーチェアから真っ逆さまに落ちたことがあったのよ。急に立ち上がって、それで……まさか、あのときに頭を打ったせいで」

そうかもしれないし、そうじゃないのかもしれない。それを知ってどうなるわけでもない。それよりも、僕はどこかほっとしていた。何だ、僕は悪くなかったんだ。僕には責任のない、仕方のないことだったんじゃないか……。

状況は何も変わらない。だけどこうして今の僕の状態に名前がついたことで、ずいぶん気は楽になった。無理をして、必死になってやってきた実りの薄い努力を、もうできる範囲でいいやと思えるようになった。できないものは、できない。だったら周りの方に理解を求めていけばいいんだ。

そう開き直ることで、ようやく暗黒の中学時代の最後に、ひと筋の光が差した気がした。

無事第一志望の高校に入学した僕は、最初の自己紹介でいきなりカミングアウトした。担任の先生にもあらかじめ、資料を手渡して協力と理解を求めておいた。それだけのことで、毎日はびっくりするくらい楽になった。

「あなたは誰ですか?」という禁断の質問を、とても気軽に口にできる権利を僕は得たのだ。

たぶん、僕は調子に乗っていたんだろう。シベリアからいきなりハワイにやってきた人みたいに、心地よさにふやけきり、すっかり油断していたんだろう。

ゴールデンウィークが明けた頃のことだ。突如として、僕はとんでもない事態に陥ってしまう。

ある日、校内で、周囲に誰もいなくなった瞬間を見計らったように僕は呼び止められた。女の子の声だった。

「——あの、好きです。付き合って下さい」

なんと、のっぺらぼうの彼女はそう言ったのだった。

2

この状況で、よもや「君、誰?」なんて聞けるだろうか? いや、無理でしょ。少なくとも、僕は無理。「フー・アー・ユー?」はまたもや禁断のセリフになってしまった。

だってだってこの子今、好きって言ったよね？　確かに言った。間違いなく言った。それでもって、付き合って下さいって……。

えー、なんだこれ。告白ってやつじゃん。学校の中で、女の子に呼び止められて告白されるって、何それ。まるでアニメとかゲームの世界じゃん。こんなイベント、ほとんどフィクションでしかなくって、せいぜい一部の恵まれたリア充共の間でのみ、繰り広げられてるものじゃなかったの？

人生初のシチュエーションに、それでなくとも僕はめちゃくちゃ焦っていた。パニクっていた。しかも困ったことに、肝心の相手が誰だかわからないのだ。

呼び止められ、振り返ったままの姿で固まっている僕に、顔のない彼女はおずおずとではあったが追い打ちをかけてきた。

「あの、ご返事は……」

何だか妙に品がいいぞ、この子。ご返事ときた。「ご」がついてるよ。ついでに、可愛い声だ。

制服の胸ポケットに、可愛いゾウのついたボールペンだかシャーペンだかをさしている。ああ、いやいや。女子の胸元を凝視するのはまずいな。慌てて落とした視線の先には、紺ハイに包まれた細いふくらはぎと華奢《きやしや》な踝《くるぶし》があった。ああ、駄目だ。脚をガン見するのもまずいだろ。

僕はようやく顔を上げ、相手の顔のあたりに視線を定めた。それから、気力をふりしぼって喉から声をひねり出す。

「――おっ」

「お？」

　のっぺらぼうの彼女が、小首を傾《かし》げた。

「お友達から、始めましょう」


　とっさの判断としては、やれるだけのことをやったと僕は思う。誰だかわからないうちから、イエスもノーもないじゃないか。

　取り敢えず友達から始めるのは、いたって現実的で妥当な選択だった、はずだ。

　彼女からの提案で、その日の放課後、駅前のファストフード店で待ち合わせることになった。あくまで友達同士なのだから、デートではない。

　しかし待ち合わせというのがまた、僕にとってはひどく難易度の高いイベントだった。いつもなるべく早めに行って、本を読むふりをしたりしながら待ち合わせ相手が来るのを待つ。慎重に周囲を見渡しつつ、該当する人物らしき人影が遠くに現れたときから、必死に観察する。たぶん間違いないなと思っても、いったん本のページに目を落とす。目星をつけた人物は、僕の名を呼ぶこともあれば、隣の人に声をかけることもある。首尾良く待ち合わせ相手と合流するだけで、僕は神経をすり減らし、その日のエネルギーの大半を消耗する感じだった。

　もちろんそれは中学までの話だ。アホな小芝居したり、きょどきょどと落ち着きなかったり、今から思えば怪しさ全開だった自分はもう卒業したのだ。

　そう思いつつ、僕はホームルームが終わるなり走って学校を飛びだした。

ハンバーガー屋に入店し、いざ注文しようとして「男としてここは彼女の分も奢《おご》るべきなのか？」という難問にぶち当たる。飲み物くらいなら二人分買える程度の小遣いはあったものの、相手が何を飲みたいかわからない。第一、ホットにしてもアイスにしても、買ってから時間の経った飲み物なんてイヤだろう。そう判断し、今度は自分が何を頼むべきかという問題が生じた。普段ならシェイクで決まりなんだけど、女の子と一緒の場合、やっぱ男は黙ってコーヒーでも飲んでた方が格好がつくのかも……。そんなことをレジの前で十秒くらい考えたけれども、妙なところで見栄をはっても仕方がないと気づき、シェイクを注文する。

品物が出て来て次に悩むのは、席取りだ。いつもなら奥の席が落ち着くのだが、待ち合わせでそれはナシだろう。通りが見渡せる窓側の席に陣取ることにする。うちの学校の制服が見えるたびに心臓が跳ね上がる。

やがて通りの向こうから小走りにやってくる人影が見えた。それは真っ直ぐこちらに近づいてきて、目の前のガラス窓をノックするみたいにコンコンと叩いた。胸元に、あのゾウの頭が見える。間違いない。向こうから見つけてもらってすごくほっとした。

弾むような足取りで、彼女はトレイを持ってやってきた。彼女が注文したのが僕のと同じと気づいて少し嬉しくなる。

「待たせてごめんね、佐藤《さとう》くん」

甘い可愛らしい声で口にされると、自分のありふれた苗字までがスイートに響く。さ、と、う、だけに、ね。

彼女はくるりと店内を見渡して言った。

「ね、二階の方に行かない？　その方が落ち着くと思うの」

まったく、同感だった。道路沿いのこんな窓際じゃ、あっという間に知り合いに見つかって、後で何を言われるかわかったもんじゃないものな。

二人がけのテーブルで向き合うと、思ったより顔が近くて何だか照れる。さて、いよいよあの禁断のセリフを言わなきゃならないかと構えていると、彼女の方が口火を切ってくれた。

「私、一年B組の鈴木《すずき》です。今日は付き合ってくれてありがとう……えと、あの、付き合うって言っても、友達として、ね。ちゃんとわかってるよ。でも嬉しいの。ありがと」

そう言う声がほんとに嬉しそうで、こっちまで嬉しくなる。

しかし隣のクラスだったとは。鈴木さんかあ。今まで佐藤に負けず劣らずありふれた苗字だと思ってたけど、鈴木ってチョー綺麗な名前じゃん。特に鈴を転がすような声っての？　そんな声で言われると、ほんとに、リンリンリンリンリン鳴り響くみたいだよ。まるでクリスマスみたいじゃん。

そんな季節外れの感慨に耽《ふけ》っている僕の顔は、さぞかし世間で言うところのアホ面だったに違いない。相手からクスリと笑われて、はっと我に返った。そうだ、まず最初に言っておかなきゃならないことがあったんだ。

僕は姿勢を正してから言った。

「――実はね、僕、人の顔が識別できないんだよ……もちろん自分の顔も、鈴木さんの顔も」

いくらなんでも単刀直入過ぎたかと思ったけれど、こればっかりは早いとこ伝えておきたかった。

もちろんこれだけじゃ何のことやらだろうから、補足説明をするつもりだった。が、それより早く彼女が言った。

「私、のっぺらぼう？」

「いや、正確にはそうじゃないよ。目があって鼻があって口があって……そういうことはわかるんだ。顔に関してだけ、すごく目が悪いって言うか……たとえばさ、想像してみてよ。鈴木さんが動物園で働くことになって、猿山の担当になったとするじゃん。五十匹とか百匹とかいて、ずっと動き回ってて、それでも一匹一匹区別できると思う？」

相手は即座に首を振った。

「無理」

「でしょ？　要するに、そんな感じなんだよ。みんな、同じように見える。だけどさ、ベテランの飼育係なら、見分けがついてたりするじゃん？　新米の飼育係だって、時間をかければ少しずつ見分けられるようになると思うんだよね。まずは飛び抜けてでかいやつがボスだとか、顔に傷があるやつとか、片耳がなかったりするやつとか……取り敢えず、そういう特徴あるやつから覚えていけるよね、きっと」

彼女はこっくりとうなずいた。

「私のことは、どう見える？」

「うーん」僕はまじまじと相手を見やり、鈴木さんはふと顔を逸《そ》らしたが、こちらに向き直り、そっと眼鏡のつるに手をかけた。それで初めて認識したのだが、彼女は黒くて太い縁の眼鏡をかけていた。

「取り敢えず、その眼鏡は特徴的だよね。女子ってすぐコンタクトに換えちゃうからかけてる子、少ないし。けっこう、覚えやすいかも」

「眼鏡外したら？」

おずおずと言い、鈴木さんはゆっくり眼鏡を外した。その時、つるが髪の毛にひっかかり、それまで隠れていた耳が見えた。

「その耳は特徴的だね。見事な福耳だ」

そう言った瞬間、見つめたその耳が真っ赤になった。そのまま沈黙が続くので、不安になる。あれ、もしかしてまた、やっちゃった？

頭の中で、話題を換えるべきだろうけど、さて何を話したらいいだろうかと、目まぐるしく考えていると、彼女が蚊の鳴くような声で言った。

「……耳、変で目立つから、隠していたの」

「え」と思わず声を上げた。「全然、変なんてことないよ。それに本当に、その耳と、眼鏡のおかげでもう鈴木さんを見分けられる気がするんだ。だからむしろありがたいっていうか、嬉しいって言うか、好きだな、僕は、その耳」

髪の毛の隙間からちらりと見えていた耳が、いっそう赤くなった気がした。鈴木さんは両の手のひらで自分の頬を覆うようにして、少し何か考えているようだった。やがてその手を顔のサイドにずらして、両の耳に髪の毛をかけた。それまで隠れていた頬のラインと、見事な福耳が露《あら》わになる。

「……これでいい？」

眼鏡もかけ直し、鈴木さんはとても小さな声で言った。頬は上気してピンクだし、相変わらず耳は真っ赤だ。

え、何だこれ、まるで僕がとてつもなく恥ずかしい、エロいことでも強いたみたいじゃん。こっちまで恥ずかしくなるじゃん。

心臓がドッキドッキと尋常じゃないくらいの音を立ててその存在を主張している。ヤベ、これ鈴木さんに聞こえてるんじゃね、ってくらい。

「うん、ありがとう、バッチシ」せかせかと、僕は言った。そして時間稼ぎにストローをくわえる。僕の体温で、シェイクは飲み頃を通り過ぎた感じにとろけていた。鈴木さんも、飲み物の存在に今気づいたみたいに、シェイクを飲んだ。

「……佐藤くんのこと、なんとなくわかってきたよ」ややうつむき加減に、鈴木さんは言った。そうすると長めの前髪が顔を半分ほども覆い隠してしまう。僕にとっては関係ないことだけど。

「欧米人がさ、アジア人の区別が全然つかないって言ったりするでしょ。みんな同じに見えるって」

「そう聞くね」

と僕は頷く。

「日本人だって、アフリカで大勢の黒人に会ったとして、すぐに覚えられるかって言うと、たぶん難しいものね。私もね、どっちかって言うと、人の顔を覚えるのは苦手な方なの。それで気まずい思いをしちゃったり……だけど佐藤くんはそれどころじゃないものね。何十倍も、何百倍も、気まずい思いや嫌な思いをして、それでも頑張ってきたんだよね」

考え考え口にしているのか、ゆっくりとした話し方に、鈴木さんの生真面目な性格が表れている気がした。聞いているうちに、ふいに泣きそうになって自分でも驚いた。全然、哀しくなんてないのに。むしろまるっきり逆の……。

「うん」こみあげてきた物を飲み込むみたいに、僕はまた頷く。それから少し間を開けて、つけ加えた。

「ありがとう」

鈴木さんの耳が、またほんのり赤くなった気がした。

それからまた僕らはシェイクタイムに突入し、交互に甘い液体を吸い上げにかかった。もう残りはわずかだ。全部飲んじゃったら、あとはどうすればいいんだろう？

何か話題は……と考えて、肝心なことを聞いていなかったことに気づいた。

「鈴木さんは、僕のどこが……えーっと、気に入ったの？」

改めて尋ねると、これはけっこう恥ずかしい質問だった。鈴木さんはもっと恥ずかしかったらしく、しばらくもじもじしていたが、やがて消え入りそうな声で言った。

「あのね、私、男の子が怖かったの。だけどね、佐藤くんだけは、怖くなかったの……なんだかとても、安心できたの」

リンゴーン、という音が頭の中で響いた。もはや、リンリンリンなんて鈴の音レベルじゃなくってね。教会とかにあるみたいな、でっかい鐘が鳴り響いた感じ。

なんだよもう、と悔やむような気持ちがよぎる。もったいぶって、「お友達から始めましょう」なんて言わなきゃ良かった。

その後僕らはメルアドと携番の交換をして店を出た。とても残念なことに、彼女が乗る電車は僕の家とは反対方向だった。改札を抜けたところで、僕はじゃあねと言いかけて口ごもった。鈴木さんが雑踏の中に紛れてしまったら、もう僕には見つけられないんだなと思って、胸が苦しくなった。

「——大丈夫だよ」ふいに鈴木さんが言った。「いつでも、どこにいても、私が佐藤くんを見つけてあげるから」

女の子が「胸がきゅんとなる」なんて表現していた状況が、十五年生きてきて、ようやく理解できた気がする。

彼女はたぶん、笑ったのだと思う。僕にはそれがわからないのが、猛烈に悔しいけれど。

黒縁眼鏡とキュートな福耳の女の子は、ぺこりと頭を下げて、それから「バイバイ」と手を振った。

僕のことを好きだと言ってくれる女の子がいる……それが、ここまでふわふわわくわくうきうきするものだとは、思ってもいなかった。

3

そうした状況について、もちろん今までだって想像したり妄想したりはしてきた。けれど断言する。この世には、人間のちんけな想像力なんて遠く及ばない境地があるのだと。

今の僕なら、優しさと思いやりに満ちた紳士でいられると、根拠もなく思う。まるでモンゴルの草原か、アルゼンチンのパンパみたいに広い心の持ち主になれそうだった。

鈴木さんは（少なくとも今のところはまだ）彼女じゃなくて友達だ。しかし異性の、たいへんに仲のいい友達がいることが、こんなにも世界を広げ、心を豊かにするものだとは想定外だった。具体的に言えば、やたらと女の子に話しかけられるようになったのだ。それも隣のクラス、つまりは鈴木さんのクラスの女子から。

これは明らかに、友達の友達は皆友達だ現象である。

まあ話しかけられると言っても、「あー、佐藤くんだー」とか「鈴木さんと仲良くしてる？」とか、そんな程度の他愛ないものだ。しかし中学時代、覚えなきゃならない人間をなるべく減らそうと、極力女子には近寄らないようにしていたことを思うと、雲泥の差である。人生、捨てたもんじゃないよなあとしみじみ思う。

肝心の鈴木さんとはその後二度、例のファストフード店でおしゃべりをした。お互い、懸命に質問を見つけてはそれに返すだけの、探り合いの段階だ。

「犬は好き？」

「うん、好き。でも猫の方がもっと好き」

なんて他愛ない会話が、なんだかすごく楽しいのだ。

――もうこれってこのまま彼氏彼女ってことでいいんじゃね？

正直な話、何度もそう思った。三度目に会った時なんかは、そう思った勢いでそのまま彼女にそう言ってしまおうかとさえ考えた。

だけど僕はまだ、打ち解けない、よそゆきの鈴木さんしか知らない。「好きです。付き合って下さい」に対して即座に「はい」と言えるのは、相手を知っている場合だろう。彼女と一緒にいたのはトータルで二時間くらい。好きだと言ってもらえたのは、すごく嬉しかった。たぶん、鈴木さんはいい子なんだろうとも思う。だけどそれをもって「僕も好き」となるには、やっぱりまだまだ彼女のことを知らなすぎる、とも思う。

この問題を解消するために、僕が導き出した答えはひとつだった。

デートをしなければならない。何が何でも。

いや、あくまでもまだ友達なんだから、デートと言うのは早計だろう。が、高校生の男女が一対一でどこかへ出かければ、それは実態としては限りなくデートに近い……。

あ、ヤバイ。なんかにやけてきた。

今度の日曜日、ヒマだったらどっかいかない？

メールの文面はこんな感じだな。あくまで軽く、さらっと、友達同士に相応《ふさわ》しいくだけた感じでさ。

しみじみ、メールってありがたいよなと思う。そもそも隣のクラスの女の子に声をかけるだなんて、普通の男子生徒にはなかなか難易度の高いミッションだ。それに加えて僕の場合、女の子と思しき人に一人一人近づいていって、穴の空くほどじげしげ観察するか、もしくは「君は誰？」と聞いて回るか、もしくは入り口で「鈴木さーん」と大声で呼ばわるか……それ、どんな罰ゲーム？　って感じだよ、まったく。本当に、文明の利器、万歳だ。

嬉しいことに、メールはあっという間に返信が来た。

「行きたい！　どこに行くの？」だって。

「遊園地とか、どう？」

「楽しそう！　楽しみ」

このやり取りはちゃんと保存しとかないとな。

しかし俄然《がぜん》忙しくなってきたぞ。ネットで色々下調べしとかないとな。あ、そうだ当日何を着ていくべきか……。

とかなんとか楽しい時を過ごしているうちに、あっという間に日曜日になった。僕の人生で、これほどまでに楽しみな待ち合わせがあったろうか、いやないぞ！

最寄り駅の改札前で、三十分も早く着いてしまった僕は、そわそわきょろきょろ、落ち着かずにいた。大丈夫、鈴木さんがきっと見つけてくれる。だから僕はただ、自分に向かって歩いてくる女の子に向かって「やあ」と片手を上げればいい。

そう思って、右手を上げる角度について心の中でシミュレートしていると、ふいにすぐちかくでくすくす笑いがした。

「やっだー、ほんとにもう来てるっ」

顔を上げると、まるでその場で細胞分裂したみたいな人間が二人、立っていた。

顔は、わからないから同じ。それは僕にとっては当たり前のことで、今さら驚くところじゃない。ところが目の前の二人は、そっくり同じ格好をしていた。白っぽいインナーに、ショート丈のジャケット、小花模様のふわふわした短めのスカート……で、女の子だって事はわかる。

「——佐藤くん、ごめんね、あの」

と言った片方の声は、鈴木さんだった。よーく見ると、確かにあの眼鏡と、キュートな福耳。

「ほんとー、ごめんねー」もう一人が言った。「この子がさ、二人っきりだとどうしていいかわからないって言うもんだから、ね」

「……あ、いや、全然。人数多い方が楽しいしね」落胆を押し隠して、僕は言う。偉いぞ、僕。

「だけどなんで、同じカッコなの？」

「双子コーデだよ。流行りなの、知らない？　仲良さげでカワイイでしょ？」

女の子同士の仲良しファッションってことか？　カワイイはカワイイけど、同じカッコする意味がわからない……。

「……見分けつかなくて、困っちゃう？」

顔を覗き込むように言われて、ああそうか、鈴木さんはこの子には事情を話しているんだなと気づいた。

「いや、大丈夫。もしかして、学校で話しかけてくれたことある？」

「あ、覚えててくれてた？」

嬉しそうに女の子は言い、鈴木さんが「アユミちゃんっていうの」と遅ればせの紹介をした。

「アユだよ！」元気よく、アユちゃんは言う。「この子がさ、デートに何着て行っていいかわからないって泣きつくから、私のを貸してあげたんだ。色ちでおそろね、カワイイでしょ、とまた言われた。何としてもこちらにカワイイと言わせたいらしい。

「うん、カワイイよ」

まんざらお世辞でもなく、僕は答える。顔のことはともかく、服は実際、女の子らしくてカワイイと思った。特にミニスカートがいいね。色違いと言われて気づいたけれど、確かにスカートの小花の色が、アユちゃんのは淡いピンクで、鈴木さんのは淡い水色だった。

そっかー、鈴木さんは僕との「デート」のためのお洒落で、悩んで、友達に相談までしていたんだな。

二人っきりじゃなくなったのは残念だけど、ある意味良かったのかもしれない。まだお友達だしな、会話も続かないかもしれないし、それにこのシチュエーション、もしかしなくても両手に花ってやつじゃね？　なにこのリア充イベントって感じ。

自分で提案しておきながら、近場の古くからある遊園地ってちょっと子供っぽかったかなと思ったけれど、なかなかどうして、すごく楽しかった。アユちゃんがけっこういい子で、乗り物とか乗るとき、気を使って二人にしてくれるし。二人って言っても、後ろの席に乗ってるわけだけど、それでもデート気分が味わえて、嬉しかった。ジェットコースターに乗ったとき、後ろからキャーキャー楽しそうな声が聞こえてきたけれど、鈴木さんは僕と同じく絶叫マシンでは固まるタイプらしく、降りてきたときには全体に青白くなっていた。

「やだ、ミカったら、髪ボサボサ」

指差して、アユちゃんがきゃっきゃと笑う。彼女は鈴木さんのことを下の名前で呼んでいるのだ。

いいなあ、僕もそうしたいなあと羨《うらや》んでいると、鈴木さんは恥ずかしそうに顔を赤らめて、急いで髪を撫でつけた。その時初めて気づいたのだが、鈴木さんの髪の毛はそうやって撫でつけてもあまり綺麗にまとまらず、ぼわっと膨らんでいる。まるで冬の日に電線に留まる雀みたいだ。一方、アユちゃんの髪は、今ジェットコースターから降りたばかりとは思えないほど、艶《つや》やかな輝きを放って落ち着いている。しげしげ眺めていると、アユちゃんが振り返って「なあに？」と笑ったような声で言った。

「いや、髪の毛、きれいだね」

思ったまんまを口にしたら、「やあだ」とくすくす笑われた。「彼女の前でそういうこと、言う？」

「……彼女じゃないよ」と鈴木さんが小声で言った。抑揚のない声で、僕は少し不安になる。

髪を直してくると言って鈴木さんが手洗いに行くと、ふいにアユちゃんに「駄目だよ、あんなこと言っちゃ」と叱るみたいな口調で言われた。

「君の髪の毛を褒めたこと？」

「て言うかさあ、あの子って、自分の顔ってか、全体的に、自信がないんだよね。なんかもう、コンプレックスのカタマリって言うか。だったら少しは努力すればいいのに、それもしないから、私が今日、カワイイ服を用意してあげたんだけどさ、あの髪にあの眼鏡じゃあ、台なし」

「うーん」

どうコメントしていいか、わからない。そんな僕の顔を覗き込むようにして、アユちゃんは少し近づいてきた。

「ねえ、あの子がどうして佐藤くんに告白したか、教えてあげようか？」

「え？」

「佐藤くんなら、絶対言わないでしょ？　ブス、とか。不細工、とか」

「……え？」

馬鹿みたいに、僕はまた同じ返しだ。

ひょっとして、僕が人の顔を識別できないって事、鈴木さんは最初から知っていた？　知っていて、敢えて僕に近づいた？　しかもその理由が、自分の容姿に自信がないから……？

そんなのって……。

「ごめんなさい、待たせちゃって……」

鈴木さんが帰ってきて、かけてきた言葉を尻すぼみに泳がせる。少しの間を置いて、不安げに「何かあったの？」と聞いてきた。

「――ううん、何も」

急いで僕は答えた。素っ気なく聞こえてしまったかもしれないけれど、気遣う余裕はなかった。安心できたの、と鈴木さんは言っていた。

え、それってつまり、人の顔がわからない僕なら、鈴木さんの容姿をけなしたり嗤《わら》ったりする心配がないっていう、そういう安心？　それが、理由？

そんなのって。そんなのって、僕に対してすごく失礼じゃないか。

世の中の人たちが、容姿のことをとても重要視していることくらいは僕も知っている。美人やイケメンがもてはやされて、その逆は時に粗末な扱いを受けるってことも。でもそれは、深海にはグロテスクな深海魚が暮らしているとか、月では体が軽くなって地上の何倍もジャンプできるとか、そういうことを「知っている」のと変わらない。体験の伴わない、単なる知識だ。

実際の僕は、目の前に立っているのがアイドルだろうとしわくちゃのおばあちゃんだろうと、その区別なんてつかない。でも、だからって、「それならこれでもいいでしょ」とばかりに近づいてこられるのは、やっぱり、どう考えても不愉快だ。食品偽装でもあったよな。「あの客はどうせ味なんてわかりゃしない。高級なワインはもったいないから、安いワインを出しとけ」って感じのが。あまりにも失礼だし、酷い裏切りだ……。

それまで半ば宙に浮いていたみたいな高揚感は瞬時に消え失せ、まるで錘《おもり》でもつけられたみたいに気分はどこまでも沈んでいく。

結局その後は、アユちゃんが「次はあれに乗ろうよ」と提案するまま、園内をうろうろし、ハンバーガーを食べ、「あたしそろそろ帰らなきゃー」とアユちゃんが言い出してくれて終わった。心底、ほっとした。

家に帰るなり、母から「何かあったの？」と聞かれたところを見ると、よっぽど変な顔をしていたのだろう……それがどんな顔だかは、僕にはわからないけれど。たぶん、自分で思っている以上にダメージを受けているみたいだった。今朝までは、待ち合わせ場所に着くまでは、いや、アユちゃんからあの言葉を聞くまでは……世界はあれほどまでに光り輝いていたというのに。

母に尋ねてみた。

「ねえ、僕って不細工？」

「とてもハンサム」

間髪《かんはつ》容れず、自信たっぷりに母は答える。まあ、これは実の親だからなあ……。母の愛はありがたかったものの、非常に疑わしい。

それで翌日学校で、隣の席の石川《いしかわ》君に同じ質問をぶつけてみた。彼のヘアスタイルには特徴があって、てっぺん辺りがいつも寝癖っぽくぴょこんと立っている。わかりやすくて助かっていた。

僕の唐突な質問に、石川君はすこぶる真面目な口調で応えてくれた。

「いや、別に。フツーじゃね？　お世辞にもイケメンじゃないけど、ブサってわけでもないな。

まあ、フツー」

これこそが客観的な評価ってもんだろう。彼に対する信頼が深まったので、ついでみたいに尋ねてみた。

「あのさ、隣のクラスの鈴木さんってわかる？　眼鏡をかけた……」

うちの学校は、体育は二クラス単位でやっていたり（男女別に分かれての着替えに必要だったり、体育館やグラウンドの使用単位としてちょうど良かったり、が理由みたいだ）、習熟度別クラスを作るのに二クラス合わせて輪切りにしたり、二クラスずつ健康診断をしたり、なんてことをわりとよくやっているので、自然隣のクラスの連中とも顔見知りになる、らしい。鈴木さんが僕の相貌失認のことを知っていたのも、おそらくそういう交流からのことだろう。

案の定、石川君はあっさりうなずいた。

「ああ、あのもっさり眼鏡の……」

「あの子、どんな顔してるの？」

できるだけ、なんでもなさそうに聞いてみた。それが成功したのかどうか、石川君はあまり気乗りしない口調で言った。

「うーん、正直言って、残念なカンジ？」

本人の弁の通り、彼は正直なんだろう。

「……そっかー」

残念な性格、なんて言われてもよくわからないし、残念な容姿なんてものは、なおさらわからない。

僕はもう一度、ため息をつくように言った。

「そっか……」

「なに？　なんかあったの？」

そう尋ねられ、僕は口ごもった。やっぱり、そのまんまのことは誰にも話したくなかった。それで考え考え言った。

「……たとえばの話さ、眼の見えない女の子がいるとするじゃん。ンでさ、その子が眼が見えないのをいいことに、不細工な男が女の子に告白する……というようなストーリーはどう思う？」

「なに、ケータイ小説でも書いてんの？」

「いやまあ、単なるアイデアだけど」

「その女の子は美少女なんだろうな」

やけに真剣な口調で、石川君は言う。

「え、そこ、大事？」

「大事に決まってるだろ？　もし美少女なら、その男がやってることは犯罪。死刑だな」

「えーっ」

「不細工同士なら、まあ勝手にやってなってカンジ？」

なんて適当なんだ……思わず笑ってしまう。

「ちなみに石川君ってイケメンなの？」

興味本位に尋ねると、相手は大きく頷いて言った。

「ジャニーズもびっくりの美形だ」

「ほんと？」

「黙って騙《だま》されておけよ。この世で誰か一人くらいはそう思ってくれるやつがいるのは悪くないからな」

僕はまた、笑った。こいつ、こんな面白いやつだったのか。

その時、いきなり「佐藤君」と声をかけられた。振り返っても誰だかわからずにいたら、「昨日はごめんね」とこれまた唐突に謝られた。僕が固まっていると、焦ったように「あ、ごめん、山本《やまもと》アユミです」と自己紹介された。アユちゃんだったのか。

「なんか、すごい余計なこと言っちゃって。気にしないでって言っても無理だと思うけど、でもこれだけは聞いて。あの子はすごくいい子なの。ほんとに、すごくいい子なの」

早口に言い、あっという間に立ち去ってしまった。

「今の子は、けっこうカワイイ」

石川君が、聞いてもいないことを教えてくれた。

「鈴木さんと仲がいい子だよ」

「ああ、よく一緒にいるね。あれは……鈴木さんはキツいかもなあ。なんか引き立て役っぽくて。でもまあ、おまえにはどうせわかんないんだから、鈴木さんでもいいよな。今の子、山本さんだっけ？　紹介してくんない？」

スローモーションの手刀を、脳天にくれてやった。

石川君は面白くて、たぶん良いヤツなんだろう……単に正直で、率直なだけで。今の言葉は冗談めかしてはいても、彼の本音ではあるんだろう。そしてそれは同時に、世の中の普通の人たち……多くの人たちの本音でもあるんだろう。

鈴木さんはそんな本音に、今まで傷つけられてきたんだろう。たとえ積極的な悪意はなくても、何の配慮も思いやりもない本音に。

黙って騙されておけ、か……。

自分ではわからないけれど、僕が今浮かべているのはきっと苦笑ってやつだ。

鈴木さんは、別に僕を騙したわけじゃない。僕を馬鹿にしたわけでもない。

ただ、僕なら決して彼女を傷つけたりはしないってわかっていたから。だから、僕の前でだけ、安心してくれたんだ。

彼女にメールしようとしたら、計ったように当人からメールが来た。話したいことがあるから、放課後またあのお店で会えないかとのことだった。僕は即座に返信する。

「了解。僕も鈴木さんに言いたいことがあるよ」と。

4

「――ごめんなさい、ごめんなさい、ごめんなさい」

顔を合わせるなり謝り倒されて、僕は戸惑った。

「何を謝っているの？　話したいことがあるんじゃなかったの？」

しばらく返事がないので不安になる。もう一度促そうかと言葉を探していると、ようやく鈴木さんは言った。

「私、シュウケイキョウフなの」

「え？」

とっさに意味がわからず、首を傾げる。彼女の説明によると、それは醜形恐怖症《しゅうけいきょうふ》というのだそうだ。

「私の顔を見て、みんなが嗤っているような気がして、辛くてたまらなかったの。親も病院の先生も、そんなことはないって言うんだけど。でもどうしても、怖くって。男の子だけじゃなくて、家族以外の人が怖くてたまらなかったんだけど、たった一人だけ、平気なひとがいたの」

鈴木さんの白い指が、まっすぐに僕をさす。

「へ、僕？」

「うん。図書室のいつもの席で、隣になることがあっても、佐藤君だけは私のこと、じろじろ見たりしなかった。だからとても、安心できたの。相貌失認のことを知ったのは最近のことで、佐藤君が人の顔が認識できないから好きになったって言うのは、きっかけから言えば間違っていないんだけど、でも違うの……」

彼女のしどろもどろの説明に、僕は混乱していた。

「ちょっと待って。図書室って、いつの話？」

高校に入ってからは図書室通いはしていない。高校のそこがかなりオープンな造りだったのもあるけれど、そもそも入学してすぐカミングアウトしてしまったので逃避場所の必要がなくなったのだ。

「え、あの……中学の時だけど」

今度は彼女が戸惑ったようだった。

「同じ中学だったのか！」

僕が叫ぶと、少し間があってから相手はくすりと笑った。

「もしかして気づいていないのかなあとは思ってた。一年のときは同じクラスだったよ。途中で引っ越したけど、そのまま通ってたの」

「そうだったんだ……ごめん」

何だってまた、こんな基本的な、肝心な質問だけはしていなかったんだよ、僕。

「違うの、謝らないで。私が謝っているの。私が佐藤君のことを傷つけたんだから。今日、アユに佐藤君がきっと傷ついているよって言われて、それで、あの……」

焦ったように言われたが、どうにも納得できない。

「だけどさ、そもそも僕に余計なことを吹き込んだのも、そのアユちゃんだろう？　なんかちょっと、悪意を感じちゃうんだけど」

悪意は言い過ぎにしても、少し意地悪じゃないかとは思っていた。今日になって取って付けたみたいに鈴木さんのことをフォローされても、何だよ今さらとしか思えなかった。それに今頃気づいたけれど、僕に話しかけてきてた女の子って、たぶんアユちゃん一人だ。あれって、軽くからかうっていうか、いじられてるって状態だったんじゃ……と思えてならないんだけど。遊園地だって、どこか面白半分でついてきて、引っかき回してくれちゃった感がすごくあるぞ。

「……アユが私をちょっと馬鹿にしているのは知ってる」とても辛そうな口調で、鈴木さんが言い、しまったと思う。やっぱり友達の悪口は言われたくないよな。

「でも、いいとこもあるの。優しいとこもあるの」

必死でそんなことを言っている。優しいのは鈴木さんだろ、と思いながら頷く。

「うん、わかった。鈴木さんがそう言うなら、そうなんだろうね」

少なくとも、鈴木さんがとてもいい子だというアユちゃんの今日の言葉には、ウソはなさそうだったし。

「良かった」

ほっとしたように、鈴木さんは言った。

「今、笑ったね」

口許をじっと見つめて、僕は判断する。唇が綺麗な舟形にカーブしている。これがきっと笑顔だ。

「うん」と彼女は頷いた。

「今も、醜形恐怖で辛い思いをしているの？」

そう尋ねると、黒縁眼鏡が左右に揺れた。

「自分なりに考えてね、高校からはなるべく顔を隠すようにしたの。前髪を作って、それからこの眼鏡をかけて。そうしたらね、ずいぶん、楽になったの」

僕が自分の症状をさらけ出して楽になったのと、ちょうど正反対だ。

「それは良かった」

僕も笑う。意識して作った笑顔じゃなく、自然な笑みになっていたはずだ。

鈴木さんは少し顔を赤くして、それから「あ」と小さく声を上げた。両手でさっとサイドの髪を掻き上げて、両方の耳を露わにする。本当は隠したい顔のパーツを、僕にだけは見せてくれる。これが信頼の証《あかし》じゃなくてなんだろう？

「……そう言えば」ふいに鈴木さんが不安そうな声を出した。「佐藤君も話があるって……」

僕は深く息を吸った。

「……あのさ、僕はこれから先、何度も何度も君に聞いちゃうと思うんだ。『君は誰？』って。顔を合わせるたびに、何度も。もしそれでもいいんなら……ウザいとか嫌だとか思わずに、君がそれを許してくれるんなら——改めて、僕と付き合って下さい」

一気に言って、相手の口許を見る。あれれ、笑顔が消えた。

「……笑ってないね？」

恐る恐る聞くと、「うん」と頷く。

「やっぱり嫌になった？」

「ううん」首を振る彼女。「泣いているの……嬉しくて」

人の貌《かお》って、ほんとに複雑怪奇でやっぱり僕には到底理解できそうもない。

「──嫌じゃないんなら、笑ってよ」

僕の言葉に、鈴木さんの唇がまた、とても綺麗な舟の形になった。

5

ここから先はまあ、言ってみれば蛇足だ。

僕らが付き合いだした春から季節は変わり、夏になった。

「……おい、誰だ、あの子」

そんな声と共に、クラスの連中のどよめきが聞こえてきた。

高校に入って最初の水泳の授業である。皆がひそひそ噂する対象をよくよく見ると女の子で、さらによく見るとその子には見事な福耳があった。なんと僕の愛しき彼女ちゃんではないか。

「おい、鈴木さんがどうかしたのか？」

近くにいた石川君の肘をつついたら、やつはいきなり素っ頓狂な声を上げた。

「えーっ、アレって鈴木さんなの？」

その声に、クラスの連中はいっそうどよめく。

「何だよ、何か問題あんのかよ」

苛々《いらいら》と尋ねたら、石川君は顔を近づけてわざとらしく声をひそめて言った。

「俺、眼鏡取ったら実は美人とかって、都市伝説かと思ってた」

わけのわからんことをと思ったけれど、よくよく聞いてみたら僕の愛しき彼女ちゃんは実は、スーパーハイパービューティフルちゃんだった、ということらしい。

眼にかかりそうなくらいに伸ばした前髪を水泳帽に押し込み、縁の太い不細工眼鏡を外した彼女は、誰の眼にも明らかな美人だった……正確にはただ一人、僕の眼を除いた、誰の眼にも、だ。

そうだったのか、と思う。

少しでも彼女の力になりたくて、ネットで調べた醜形恐怖症に関する情報が甦る。実はこの病気に罹《かか》る人の中には、かなりのパーセンテージでいわゆる美形が含まれるのだ、と。必要以上に他人の視線や注目や、さらに嫉妬だのやっかみなんかを集めがちなため、視線恐怖症の様な状態に陥ってしまうのだ。

水泳の授業では、入学以来鈴木さんを守ってきた盾が使えない。すっかり無防備な状態の彼女はまるで怯《おび》えた子供のようで、あの愛らしい福耳は可哀相に真っ赤に染まっていた。

「――じろじろ見るんじゃねー」僕は思わず大声で怒鳴っていた。不躾《ぶしつけ》な連中の視線が僕に集まったところで、ぼそりとつぶやく。

「オレの彼女だからな、ガン見禁止」

うわぁと誰かがどん引きしたような声を上げ、複数の誰かがひゅーうと囃《はや》し立てた。たぶん、僕の耳も彼女に劣らず真っ赤になっていたことだろう。

「……おまえ、恥ずかしいやつだな」石川君に、ぺちぺちと肩を叩かれた。「しっかしおまえには猫に小判じゃんかよー。もったいねー、知ってたらなー、絶対ほっとかなかったのになー」

いかにも残念そうに言うけれど、石川君のこういう軽さやチャラさはどうも口だけっぽい気もする。ともあれ、僕は肩をすぼめて言ってやった。

「残念だったな。おまえには、見る眼がなかったってことだ」


蛇足をもう一つ（一本？）。

美華《みか》ちゃんと二人で学校を出たところで、あ、美華ちゃんっていうのは鈴木さんのことね。鈴木美華ちゃん。美人の美に華麗の華って漢字が恥ずかしくて、あまり人から呼ばれたくなかったらしいんだけど、僕ならいいんだってさ。で、学校を出たところでその美華ちゃんが「あ、アユ」と友達に声をかけた。二人で立ち止まって二、三、言葉を交わすのを、僕はじっと見ていた。それから、彼女の友達に声をかけた。

「久しぶりだね。今日は、アユちゃんの方は何してんの？」

二人とも、きっとぽかんとした顔をしていただろう。

「え、何言ってんの？」

そう口にした、アユちゃんを名乗る女の子の声は固かった。

「いや、もしかしたら君の方がアユちゃんなのかもしれないけどさ。でも、君たちは確かに二人いるんだよ。君には左の耳たぶに、小さなホクロがあるよね。ほんの時たま現れて、素っ気ないけどけっこう優しい。もう一人は、こう言っちゃなんだけど性格悪くて、ぶりっこで、明らかに美華ちゃんのことを小馬鹿にしている。正直、ちょっとムカついているんだよ」

「え、佐藤君、何言って……」

美華ちゃんが焦ったように口を挟むのと、彼女の友達が噴き出すのとは、ほぼ同時だった。

「確かに、あの子はちょっと……うん、かなり性格悪いわー」

お腹を抱えて笑う女の子に、僕は尋ねた。

「で、君は誰ちゃん？」

「マユミ」

きっぱりと相手は答える。美華ちゃんが、「え？」と驚きの声を上げた。

「マユユ？」

からかい混じりに尋ねると、マユちゃんは「よしてよ」と片手を振った。

「でもよくわかったわね。他のだーれも気づかなかったのに」

「僕には人の顔はわからなくても、人を見る眼があるんだよ」

いつか石川君に言ったのと、似たようなことを言った。

そう、今の僕なら自信を持って言える。僕には人を見る眼がちゃんとある。だから顔がわからないことくらい、きっと大したことじゃない。そもそも区別がついていないんだから、そっくり同じ顔の二人にだって、僕は惑わされたりしない。ついでに言えば、好きな女の子の容姿が良かろうが悪かろうが、僕にとってはきれいさっぱり、心底どうでもいいことだ。

駅前のファストフード店で、マユちゃんから詳しい事情を聞いた。

アユミちゃんとマユミちゃんは一卵性双生児で、近親者以外には見分けがつかないレベルでそっくりらしい。初デートのときの〈双子コーデ〉とやらは、何のことはない、本物の双子のお揃いを、アユちゃんが持ち出したものだった。

この二人は今年、揃って同じ高校を受けたのだが、マユちゃんが前日から体調を崩し、アユちゃんだけが合格してしまったのだそうだ。

「どうしても吹奏楽部に入りたいのよ」とマユちゃんは言った。確かにうちの高校の吹奏楽部は全国レベルだ。滑り止めの私立には合格していたものの、夢に描いていた青春が、どうしても諦められなかった。それで、一年浪人することになった。長期休暇の集中講座以外は自宅学習である。

女子中学生にとっては……いや、女子じゃなくても男子中学生にだって、一大決心が必要なことだろう。学力的には問題ないと言っても、また受験直前に何か起きるかもしれないという不安もある。志望校に毎日楽しそうに通っている双子の妹を見るのも辛い。

入れ替わり登校を持ちかけてきたのは、アユちゃんの方だった。

『毎日根詰めてても煮詰まっちゃうよー、リフレッシュしなよ』との事だったが、マユちゃんが言ったように「要は時々サボりたかったんじゃないかなー」というのが本心だったんじゃないかと、僕も思う。

「ま、実際いい息抜きになってるし、モチベーションを保つのにもいい感じだから、持ちつ持たれつって感じなんだけどね」

「うん、息抜きは大事だよね。これからも同じように来るといいよ」

僕の言葉に、相手は意外そうだった。

「……黙っててくれるの？」

「もちろん。で、来年、美華ちゃんの新しい友達として入学してくれると嬉しいよ」

それまで口を挟まずにいた美華ちゃんは（おそらく呆然としていたのだろうが）、自分の名前が出て来たところではっと我に返ったようだった。

「そうよ。私はマユちゃんとも、友達になりたい」

その言い方からすると、どうやらアユちゃんとは今まで通り友達でいるつもりらしい。まあそういう、心が広くて美しいところも彼女のいいとこなんだけれども。

「友達になりたいって……」クールに笑ってマユちゃんは言った。「もう友達でしょ？」

美華ちゃんの福耳が桃色に染まって、それは彼女がとても嬉しくて幸福なのだと僕に教えてくれるのだ。

とてもカワイイらしい美華ちゃんの顔は、相変わらず長めの前髪と不細工眼鏡で入念に隠されている。自分を良く見せる努力も、ほとんどしてないらしい。それじゃ却《かえ》って人に笑われるよと、アユちゃんには言われたそうだ……半ば笑いながら。

だけど美華ちゃんはもう傷つかない。誰が笑おうと、僕は笑わないことを知っているから。

僕だけは、絶対に彼女を傷つけない。そして彼女は必ず僕を見つけてくれる。

僕は彼女に何度も尋ねるだろう。

「君は誰ですか？」と。

最近になってようやく、こう答えてくれるようになった（僕がしつこくお願いしたんだけどね）。

「――あなたの彼女だよ」と。

あのキュートな福耳を桃色に染めて、大いに恥じらいながら。

座敷童と兎と亀と

1

玄関のベルが鳴り、モニター画面を見たら白髪頭の老人が映っていた。亀井《かめい》のおじいちゃんである。今までうちに訪ねてきたこともなければ、用件も思い当たらない。いつもはむっとしたようないかめしい顔をしているのに、今日は途方に暮れたような様子である。

とにかくはいはーいと出て行って、こんにちはと挨拶した。おじいちゃんは何か口の中で挨拶めいたことをつぶやいてから、意を決したように言った。

「あー、申し訳ないんだが、奥さん」

「はい」

「ちっとうちに来てもらえないですかね」

「あ、何かお困りですか？」

「困ると言うか……どうも、家の中に出るみたいなんで……」

「出る？」

いやな予感がした。だってこの言い方、ゴキブリとか鼠《ねずみ》とかって感じじゃない。いや、それだって充分いやだけど、相手の表情とか口調からにじみ出る雰囲気が、もっと別種の問題だと語っている……ように見える。

しばらく言葉を濁した後で、おじいちゃんは言った。

「――座敷童《ざしきわらし》がね、家の中にいるみたいなんで」

2

そもそもは、私が四十肩をこじらせたことに端を発している。息子に肩を揉ませたり、聞きかじりの肩凝り体操なんかやって誤魔化しているうちに、事態はむしろ悪化し、とうとう右腕がまったく上がらなくなってしまった。

服の脱ぎ着が辛い。布団の上げ下ろしも辛い。しょっちゅうアイタタアイタタ言ってて、自分でも嫌になる。

「今は五十肩って言うんだってよ、オフクロ」と息子の大介《だいすけ》には憎まれ口を叩かれた。

「うるさい」と私は一喝する。「まだ四十四なんだから、四十肩でいいのよ」

微妙で繊細なお年頃、乙女心は永遠なり、だ。男子高校生なんて、デリカシーのかけらもない生き物には到底理解できないだろうけど。

だいたい私が肩を痛めた原因の一部は、息子にだってあるのだ。上に大学生のお兄ちゃんもいるのだが、この二人がまあ、信じられないくらいに食べまくる。必然的に日々大量の食材を買わねばならないのだが、その重いこと。カート山盛り上下二段の荷物をカート置き場から駐輪場に運ぶだけで、毎度腕が抜けるかと思う。そして家に帰ったら、大量の肉、魚、野菜を刻んで焼いて煮て、特大の中華鍋を振るったり、産湯《うぶゆ》を沸かすみたいな大鍋でうどんやパスタを茹でたり……。

そして揃って運動部所属の息子どもが、毎日気軽に洗濯機に放り込む、大量の洗濯物。図体がでかいから、かさばることこの上ない。脱水してなおずっしり重い洗濯カゴを抱え、二階のベランダに出て、衣類をパーンと振るっては干し、振るっては干し、毎朝満艦飾《まんかんしょく》の物干し場をこしらえる。それも日に最低二回。

腕、肩、腰が悲鳴を上げたとて、何の不思議があろうかってなものだ。

資源ゴミ回収の日、裏のおばあちゃんと会ったので「最近腕が上がらなくなっちゃってー、歳ですかねえ」と笑ったら、「あら、そんならサガラさんに行けばいいじゃない」と言われた。聞くと、近所にある整体医だそうだ。

「先生が上手でね、すごく楽になるわよー、保険も利くし」

ご近所ネットワークはほんとに侮《あなど》れないし、ありがたい。

サガラさんは本当に腕が良いらしく、いつ行っても患者でいっぱいだった。朝一の方が空いていると聞いていたので、いつも開院前には着くようにしていたけれど、玄関前には既に四、五人のお年寄りが並んでいるのが常だった。

「こりゃあ痛いでしょう、しばらくはできるだけ毎日通って下さい」と言われ、効果もてきめんに現れていたので、私は毎朝せっせと整体に通うことになった。待合室にはだいたい同じような顔ぶれが揃っている。多くはお年寄りで、私などは最若手の若輩者。若奥さん扱いどころか、下手すれば娘さん扱いだ。皆さん「兎野《うさぎの》さん、兎野さん」と親しげに話しかけて下さる（珍しい苗字のせいか、大抵の人は一度聞いたら忘れないのだ）。

　中でも亀井さんは、ちっちゃくて可愛らしいおばあちゃんなのだが、「ウサギとカメね」などとおっしゃって、何かと好意を示してくれる。バッグの中の〈アメ袋〉からアメをつかみ取って「ほら食べて食べて」と渡されたり、千代紙を折って作ったきれいな栞《しおり》をくれたりした。あるときなど、「ああ、会えて良かったわ。これ、群馬のお友達からたくさん送ってきたのよ」とレジ袋に入った野菜を下さった。「なんて言ったかしら、ほら、あの……シモネタネギ！」

　無邪気に張り上げた声に、待合室は一瞬しんと静まり返り、やがてどっと笑いが弾けた。

「やーだー、それを言うなら、下仁《しもに》田《た》ネギでしょう？」

「あらもうやーだー、私ったら、シモネタって、なにそれー」

ひゃっひゃっひゃっひゃっひゃと、おばあちゃんたちの笑い声が響く。

「いやー、大食らいの息子たちがいるんで、助かりますー、ありがとうございます、シモネタネギ」

　おどけてそう返したら、待合室はまたひゃっひゃっひゃっと陽気な笑い声で満たされた。完全にお年寄りのサロンにお邪魔した状態である。

「今日兎野さんに会えなかったら、明日、主人に頼もうかと思ってたのよ」

亀井のおばあちゃんの言葉に、ああ、と私は頷《うなず》いた。

「ご主人と交代で来られてたんですね」

おばあちゃんとは別に、いかめしい顔つきの〈亀井のおじいちゃん〉も常連の一人だったのだが、やはりご夫婦だったのか。

「ご一緒に仲良く来られればいいのにー」と冷やかすみたいに言ったら、亀井のおばあちゃんはおっとりと笑った。

「だってね、家の戸締まりを全部するのが、面倒じゃない。だから片方がお留守番をするのがいいのよ」

「あ、確かに。一戸建ては面倒ですよねー」

「家《うち》の人ったら、どうせ盗む物なんて何もないんだから、そんなに神経質に鍵かけて回らなくていいって言うんだけど、そんなわけにもいかないでしょう？　それに二人揃ってお出かけって言ってもね、ペースがほんと合わなくて。脚だけは丈夫だから、一人でさっさかさっさか歩いてっちゃうし……この間なんてね、いきなり駅の階段をたーっと上りだして、自分だけ電車のドアに飛び込んでね、私の目の前で閉まっちゃったもんだから、あの人ね、中で気まずそうに手を振ってるの。五分も待てばすぐ次の電車が来るってのに、ほんとに気が短いんだから……酷《ひど》いわよねえ」

亀井さんの言葉に、それは酷い、と待合室の皆が同意する。

「家の人、少し耳が遠いし無口だから、あんまりおしゃべりの相手になってくれないしねえ……だからここでは、ついついおしゃべりになってしまうのよ。ごめんなさいね、私ばっかり楽しんで。うるさかったら言ってね」

「大丈夫、ちゃんと私も楽しいですよ」

と言ったのは、何もフォローの気持ちからだけではない。おしゃべりな人には、聞き手をうんざりさせるタイプと、朗らかに周囲を楽しませるタイプとがいるけれど、亀井のおばあちゃんはどちらかと言えば後者だった。話しぶりがゆったりしていて、どこかユーモラスだ。旦那さんのことを愚痴《ぐち》るにしても、くすりと笑えてしまうようなエピソードが多い。

ご近所住まいだから、近くのスーパーマーケットなどでばったり会うこともあった。相変わらずいかめしい顔をした旦那さんも一緒だったので、「二人仲良くお買い物ですね」と言ったら、亀井のおばあちゃんは「あらやだ荷物持ちよお」ところころ笑った。

整体医通いは、ご近所にご高齢の顔見知りを増やしただけではなくて、きちんと本来の目的も果たしてくれた。ひと月ほども通ううち、目に見えて肩の状態が良くなっていった。なんだこんなことなら我慢してないで、もっと早く行けば良かったと後悔したくらいだ。

痛みが取れてくると勝手なもので、毎日サガラさんに支払う治療費も積もれば馬鹿にならないなあと思い始めた。そこは家計を預かる身としては、すぐさま「それじゃ、通うのを一日おきにすれば半額じゃない？」という思考に至る。やがて三日に一度になり、週一になり……という具合に間遠になっていき、気づけばふた月ほども間が空いてしまった。洗濯物を干していて、あらやだ、またちょっと痛むわと気づく。

それで久しぶりにサガラさんを訪れた。待合室に亀井のおじいちゃんの姿を見つけ、いつものように明るくご挨拶をした。

「おはようございます、亀井さん。どうもご無沙汰ですー、しばらくお会いしてませんが、奥様はお元気ですか？」

陽気で誰とでもすぐに打ち解けるコミュニケーション力の高さが、私の取り柄である。けれど次の瞬間、普段ならごく無難なはずの挨拶の言葉と、無駄なハイテンションを深く後悔することになった。

亀井のおじいちゃんはなんとも言えない顔で私を見返してから、ぽとりと取り落とすように言った。

「死んだよ」

「え？」

「先月、死んだ。くも膜下出血で、あっけないもんだ」

淡々と言われて、胃の内側がひやりとした。慌てて言葉を探す。

「それは……ごめんなさい、知らなくて……ほんとにご愁傷様でした。もし私にできることがあったら……どうぞおっしゃって下さいね、ほんと、なんでも……」

自分でも空疎《くうそ》だと思う言葉を、それでも懸命に並べる。

同じ町内に住んでいて、時々顔を見かける程度の間柄で、まず私にできることなんてない。それはわかっていたけれど、悪気無しとは言え、まだ生々しい傷に不用意に触れてしまった申し訳なさに、自分をひっぱたきたい思いでいっぱいだった。

亀井のおじいちゃんは私にゆらりと視線を向け、つぶやくように「うん」と言った。

その時、「亀井さーん、お待たせしました。どうぞ入って下さい」という声がかかった。

おじいちゃんは以前とはまったく違う生気の抜けた動作で、ゆっくりゆっくり、ドアの向こうに消えていく。

落ち込んでいると、隣に腰かけた田宮《たみや》さんから「仕方ないわよ、町内会で同じ班の私だって知らなかったんだから」と小声で慰められた。「旦那さんの方が脳梗塞で倒れたって話は、聞いてたんだけどねえ……」

「えっ、旦那さんも脳梗塞だったんですか？」

ひそひそと私も応じる。

「そうなのよー。やっぱりご夫婦って、長く連れ添ってるとそういうところまで気が合ったりするのかねえ……。とにかく奥さんが救急車呼んだりして、一騒ぎだったのよ。奥さんは一度帰ってきて、入院の支度してね、お隣にご挨拶してしばらく留守になりますってことだったんだけど、ほんとに長いことどなたもいなくなってて、仕方ないから回覧板も飛ばしてたんだけど……先週末にご主人がここにいらしてて、もうみんなびっくりよ。お元気そうで良かったわあ、奥さんもひと安心ねって、みんな口々に言ってたら、旦那さん、さっきみたいな言い方でいきなり、『死んだよ』って……」

田宮さん情報によると、亀井のおばあちゃんが倒れたのは、ご実家でのことらしい。おじいちゃんが入院した病院が近かったので、そこから通うことにしたのだそうだ。ご両親は既に亡く、弟さん夫婦の代になっている。病院から帰ったおばあちゃんが突然倒れ、慌てて弟さんが救急車を呼んだものの、治療の甲斐なくそのまま亡くなってしまったそうだ。おじいちゃんは、自分が入院している同じ病院で妻が先立ったことを、しばらく報《しら》されずにいたらしい。

こんな状態だったので葬儀は弟さんが取り仕切り、おじいちゃんは病院の許可を得てどうにか告別式のみ、車椅子での参列となったそうだ。

この話はね、亀井のおばあちゃんのお友達が何々町に住んでてね、と田宮さんによるお年寄りネットワークについての説明が続いていたが、私はもう上の空だった。

あの陽気で可愛らしかった亀井のおばあちゃんが、もうどこにもいないということが、にわかにはぴんとこない。

そうか。おじいちゃんは長年連れ添った妻の最期を看取ることもできなかったんだ……。

瞬間的に両眼がうるりと濡れる。

「……あの、お子さんはいらっしゃらないんですか？」

せめて血を分けた子供が近くにいれば。そう思って尋ねたのだが、田宮さんは大きく首を振った。

「それがねえ、息子さんが一人いたんだけど何年か前に、事故で亡くなったそうよ。そもそも、ご両親と折り合いが悪くてろくすっぽ家には帰っていなかったみたいだし」

「そんな……」

ふと自分の家のことを考える。夫は亀井のおじいちゃんと同じく、無口なタイプだ。今の我が家は相当に賑《にぎ》やかな方だろう。けれど考えてみれば、その賑やかさの大部分は私一人で担っている気がする。もしその私が突然死んでしまったら？　まして子供たちまでいなくなってしまったら？

夫は一人、家の中でどう過ごすのだろう？

想像しただけでたまらなくなり、ぽろりと涙がこぼれた。田宮さんははっとしたように口をつぐんだ。涙を見たせいか、亀井のおじいちゃんが出てくる気配のせいかはわからない。出て来たおじいちゃんに私は目礼したが、気づかなかった様に前を通り過ぎた。軽く脚を引きずっているのが痛々しい。

会計を済ませて帰っていく亀井さんを見送ってから、ティッシュを取りだして目尻や鼻の水分を拭った。田宮さんからぽんと肩を叩かれて、「若い人は繊細ね。私らくらいになってくるとね、色んな覚悟はできてるもんよ……もちろん、亀井さんもね。だからそんなに気にしないの」と慰められた。

もちろん、私が気にしようが涙をこぼそうが、何かが変わるわけでもない。名前と顔を知っているというだけの他人同士で、何ができるでもない。

そう思っていた。

亀井のおじいちゃんが突然やって来て、おかしな事を言いだしたのはその翌週の事だ。
――家の中に、座敷童がいる、と。

3

彼は退院し、一人きりの生活を淡々とスタートさせた。家の中は隙間なく静寂に満たされ、時は凝《こご》ったように遅々として進まない。テレビを点けても、うるさいばかりだった。お笑い芸人の滑稽な言動に笑ったり、ニュースの凶悪犯に真剣に怒ったり、ドラマの登場人物の死に涙していたりした妻は、もうどこにもいない。

共にいた時間が長すぎて、彼にはどうしても、その不在が腑に落ちない。家のそこかしこに妻の気配が色濃く残っているのに、当人だけがいない。理不尽なような、納得しかねるような、不安でたまらないような、言葉にならないそんな思いだけが、ふわふわと彼の裡《うち》を漂っている。そしてただ、当たり前の日常を繰り返す。朝起きて、簡単な朝食を摂り、空腹を感じた頃を昼と定めて何か食べ、食べる物がなくなれば買い物に行く。天気が良ければ洗濯もする。定年退職後、家事は妻と折半していたから、特に負担でもない。掃除機だって何度かはかけた。しかしやはり行き届かないのか、朝、洗顔をさぼったみたいな、わかりにくい汚れが堆積《たいせき》している気がする。

退院後、軽い片麻痺は残ったものの、日常生活に大きな困難はない。幸運だったと思うべきなのだろう……少なくとも、妻が生きていたらきっとそう言っていた。

「命が助かった上に、これくらいで済んでほんとに良かったわねえ。神様に感謝しなけりゃ」と。

いつもの陽気な口調で、ほこほこと笑いながら。

「……重い後遺症を抱えたり、寝たきりになったりするよりは、苦しまず楽に逝けただけ良かったかもしれません」

妻の弟はそう言っていた。

本当にそうだろうか、と思う。そうなのかもしれない、とも思う。義弟の言葉に、一瞬強い怒りを覚えたが、その苦しげな顔を見てしまうと、互いを慰めようと口にしたとわかるだけに、何も言い返すことはしなかった。眉ひとつ、動かさなかった自信がある。だが、義弟の妻の言葉には、動揺を隠せなかったかもしれない。

「……篤志《あつし》くんが生きていてくれればねえ……どんなにか、頼りになったでしょうに」

どうかその名を口にしないでくれ。何も知らないくせに、適当なことを言わないでくれ。

そう叫びたかったが、どうにか、こらえた。

親を捨ててさっさと家を飛び出し、好き勝手生きた挙げ句、誰にも看取られずに死んだ馬鹿息子である。たとえ生きていたところで、何が変わっていたとも思えない。

「……退院後、お一人になっちゃいますが、もし何か困ったことがあれば……」

義弟は言いかけて、終《しま》いを濁す。妻を失った今、義理の関係はみるみるうちに薄まっていくだろう。おそらく互いにそれがわかっていた。義弟夫婦とて高齢なのは彼と同じ。持病を抱えているのだって同じ。自分たちの間には、何の義務も情もない。息子が死に、妻に先立たれた今、彼はこの世にまさしくただ一人きりだった。

「……いや、大丈夫。この度は本当にお世話になりました」

車椅子に乗った状態で出来うる限り丁寧に、彼は頭を下げた。なぜ自分は、倒れてそのままぽっくり逝ってしまえなかったのだろうと、無念でならなかった。妻はきっと泣くだろう。泣いてくれただろう。けれど長く哀しむこともなかったろう。彼女もまた、すぐに倒れてしまう運命なのだから。

病院に戻り、担当の看護師に「どうやら死ぬ時を間違えました」と漏らしたら、泣きながら叱りつけられた。どうしてこの若い看護師は泣いているのだろうと、ぼんやり思う。

彼は未だ、妻の死に泣くタイミングを逸しているというのに。


四十九日が済み、ようやく一段落がついてほっとした。もう気遣われることに気疲れすることもない。ただ淡々と、一日は過ぎていく。

違和感を抱き始めたのは、この頃だ。

何かが、おかしかった。自分一人のはずの家の中に、誰かの気配がある。小さな足音が聞こえることがある。

居間には仏壇が置いてあり、息子と妻の遺影が並んでいる。息子の写真は古いもので、大学の入学式の時のもの。妻がそこに置いた。彼はそれを、見て見ぬふりをしていた。妻の遺影は、彼女が気に入っていた一枚で、よく冗談で「私が死んだらこれを使ってね」と言われていたものだ。確かに良く撮れていた。とても若やいで、嬉しげに見える。彼もまた、妻のこの写真を気に入っていた。

妻は生前、息子のために毎日陰膳《かげぜん》を供えていた。彼もまた、一膳のご飯を供えるようにした。あくまで、妻のために、と。

その盛り上げた飯が、彼が下げに行くとぺこりと凹んでいることがあった。盛り塩が湿気を吸って凹んでいくように、陰膳もまた、勝手に減っていくことなどあるのだろうか。

ある夜、夢を見た。夢の中でも、彼は眠っている。その夢の中で、目が覚めた。子供の泣き声が耳についたためだった。妻はもう先に起きて、子供の肩を抱いている。大昔の、若かった頃の妻だ。

『どうしたの、あっちゃん。怖い夢見たの?』

妻の優しい問いかけに、子供は柔らかな喉をひくひくさせながら頷く。

『パパとママがいなくなっちゃう夢見たの』

『大丈夫よ、篤志。ちゃーんとここにいる。パパも、ママも』

『そうだぞ』彼も短く声をかける。

そうだな、と考えるのは、現在の彼だ。そうだな、篤志。家族がいなくなって、一人になるのは確かにとても、怖い夢だな。

妻の腕の中で、篤志は安心したように眠ってしまった。妻は彼の視線を受けて、にこりと微笑む……。
子供はすうすう眠っている。なのに、どこからかまた、子供の泣き声が聞こえてくる。
はっと目が覚める。尿意はあったが、それで目覚めるほどには強くない。ただ、どこからとも
なく声が聞こえてくる。まるで幼子《おさなご》のすすり泣きのようにも聞こえる。そちらを見ても、誰もい
ない。
その場所、彼の左側は、妻がいつも就寝していたところだった。
一応、手洗いに行って戻ると、妻のベッドの掛け布団がこんもりふくらんでいる……まるでそ
こに誰かが寝ているように。だが、ゆっくり近づくと、そこにはやはり、誰もいないのだ。
すうっと首筋の辺りが冷えてくる。まだ九月だというのに。
だが、彼は別に怖いとも嫌だとも思わなかった。むしろ、ある期待さえあった。
「どうした?」闇に向かって、優しく声をかける。「四十九日はもう過ぎたぞ……いや、もちろ
ん、好きなだけいてもらっていいんだが……いや、ずっとそこにいてくれ。頼むから」
もちろん返事はなかったが、不思議と満足して、そのまま眠りに落ちた。今度は、妻と長く営
んできた、ごく当たり前の、ここ数年ばかりの日常の夢を見た。
その延長のように朝、目を覚ます。当然、隣のベッドには誰もいない。
けれど異変は、依然として続く。食事の際、長年の習慣のままに食卓に置いた、妻の分の麦茶
のコップから、ふと気づいたら中身が消えていた。
「そうか……喉が渇いていたか」

彼はつぶやき、麦茶を注ぎ足したコップを、陰膳に添える。それからソファに坐《すわ》り、テレビを点けようとリモコンに手を伸ばしたとき……。

テレビの暗い画面に、小さな人影が映った。子供のようだった。とことこと仏壇に駆け寄り、コップを取り上げて口許に持っていく。

カツッとコップを置く音で、我に返る。恐る恐る仏壇を振り返ると、そこには誰もいなかった。ただ、空のコップが汗をかいているばかりである。

その翌日、届け物があった。義弟夫婦からで、簡単に食べられる食料品を贈ってくれたのだ。彼らの気持ちはありがたかったが、料理くらい出来るし、実際今もしていると、少々自尊心を傷つけられた。

それはともかく、荷物を受け取る際、気になることがあった。ハンコを押し終えた伝票を受け取るとき、配達人がにこりと笑って言ったのだ。

「お孫さんがいらしているんですか？」

問い返す間もなく、相手は小走りに車に戻って行った。

玄関の鍵をかけて振り返ると、真っ直ぐな廊下が続いている。もちろんそこには誰の姿もない。荷物を抱えて居間に戻る。彼は思わず声を上げ、手にした箱を取り落としそうになった。

そこにはとても小さな女の子が、こちらに横顔を見せて立っていた。女の子はとととと歩き出し、そして……。

ふっと消えてしまった。

一度気づいてしまうと、少女はそこかしこにいた。洗面所の鏡の片隅に。外が暗くなってからの窓ガラスの中に。

階段を上がるのが億劫《おっくう》で、もう長いこと二階には上がっていない。妻が生きていた頃、リフォームして寝室も一階に移動した。布団の上げ下ろしが負担だと、ベッドにもした。今となってはつくづく良い判断だったと思う。

だが、使われていない二階で、紛れもなく誰かの気配がする。誰もいないはずのそこから、かすかな足音が聞こえ、水を流す音がする。

そうか、と不意に思い当たる。しばらく前から、「気のせいか？」「思い過ごしか？」「それとも……ついに痴呆が始まったのか？」と悩んでいた現象があった。確かにテーブルの上に置いたはずの湯呑みが見当たらない。きょろきょろ探して、ふと見ると最初のテーブルの上にちゃんと載っている。外して枕許に置いたはずの眼鏡がない。これも、床に起き上がって焦って探すと、やはり最初の場所にある。そんなことが頻発していた。

いつぞや、妻が言っていた。

「私の母方の実家にはね、座敷童がいたんですってよ。毎日お供えをしてね、実際、誰もいない部屋から物音が聞こえたり、小さな悪戯をされることもあったんですって。それがいつからか現れなくなってね……色々悪いことが重なって、母の家族はその家を出なくてはならなくなったそうよ」

おっとりと懐かしげだった昔語りに、彼自身、どうコメントしたかは覚えていない。あまりにも現実離れした話に、当惑しただけだったかもしれない。

だが、当時は馬鹿げているように思えた話が、あまりにも目下の状況と似通いすぎている。言い伝えや伝承の類が、実際に起こったことをそのまま伝えている場合だってそれはあるだろう。彼の家に何かがいるとして、それが現れたタイミングが妻の四十九日後であったことは、偶然にしてもできすぎている。

もしや座敷童とは、その家に強く思いを残して亡くなった者の魂なのではあるまいか。それが、童子の姿を取って現れたのではあるまいか。

妻が自分を案じて出て来てくれたという考えは、彼をとても慰めてくれた。そうしてまた、いつぞやの妻の言葉を思い出す。

「座敷童はね、大切に大切にしないと、ふいっと出て行ってしまうのよ」と。

それは困る。ずっとこの家にいて欲しい。だが、大切にするとは、具体的にどうすればいいのだろう?

その夜、彼は床の中でなかなか眠れずに困った。闇の中で、確かに自分以外の気配がするような気がする。まるで妻が生きていたときのように、身じろぎや寝息の気配が伝わってくる。

なのに、そこには誰もいない。脅かしたり怖がらせたりしたら、それきり気配が消えてしまいそうで、彼は身を固くし、ずっと息を殺していた。

朝起きると、体がごわごわに固まっていたので、整体に行くことにする。後から見知った若奥さんがやって来て、奥様はお元気ですかと聞いてきた。死んだ、と答えたら、酷《ひど》くショックを受けたようだった。施術を終えて出て来たら、若奥さんはくすんくすんと鼻をすすっている。そう言えば亡き妻は、よくあの人のことを「とても感じがいい人ね」と噂していた。会うと兎野さん、兎野さんと、嬉しげに話しかけてもいた。

その彼女が、妻のために泣いてくれているのだと思うと、胸が詰まった。

家に帰り、しばらく考えていて、ふと、あの兎野さんに相談をもちかけてみる気になった。妻と散歩していたとき、「ほら、ここが兎野さんのお宅よ」と指差していたから、およその場所はわかる。

尋ねていって、どうやら家の中に座敷童がいるみたいだと伝えると、相手は目をぱちくりさせた。

「……座敷童?」

兎野さんの鸚鵡《おうむ》返しに、彼は大きく頷く。

「初めは、妻の魂が還ってきてくれたんだと思ったんだがね」

「え、それはつまり、ユーレイ……」

「いやまあ、そんな恐ろしげなもんじゃなくてね……なんて言ったらいいか……」

彼はおぼつかないながらも懸命に、ここしばらく家の中であったことを説明した。

「――とにかく、どこか懐かしい感じはあったんですよ。それでまあ、妻が還《かえ》ってきたのかなと……ところが姿を見てみれば、小さい女の子なわけでね、いきなり消えたり、でも構って欲しそうに現れたり……こういうのってやっぱりあれですよね、座敷童ってやつですよね」

同意を求めたが、返答はない。仕方なく続けた。

「……それでまあ、あれですわ。あの女の子は、妻が寄越《よこ》してくれたのかなと、まあそういう……思ったんですわな」

しどろもどろに説明すると、兎野さんは恐る恐るみたいに言った。

「……それで、私に何を……？」

「いや……座敷童って言っても、物も食べるし、喉も渇くみたいだし、何か他にもっと、して欲しいことがあるんじゃないかと思ってね……しかしうちには女の子なんていたことないですからね、わからんのですわ……。若奥さんならまだお子さんも小さいだろうから、色々とわかるんじゃないかと思って……ほら、ナニがね、小さいですが、小さい子供の世話がね」

「若……くもないし、小さ……くもないですが、ええと、あの」

間が開いたので、彼は遠慮がちに言ってみた。

「それで、厚かましいお願いで申し訳ないんですがね、できれば一度、うちに様子を見に来てもらえると、あれで、ありがたいんだが……」

少し待ってみたが、やはり返答はない。彼はうなだれて、つぶやくように言った。

「ああ……すみません。お忙しいですよね。とんだご迷惑を言って……忘れて下さい」

「あ、いえいえ、伺います」慌てたように兎野さんが言った。「ちゃんと伺いますから……あ、でも今じゃなくてですね夕方頃でもいいですか？　後でちゃんと伺いますから……」

早口に、そんなようなことを言ってくれた。彼は深々と頭を下げながら、しかし若奥さんは来てはくれないかもしれないと、半ば諦めていた。彼女の全体に引き気味の態度に、それもやむなしと思う。元々、いかにも唐突で奇天烈《きてれつ》な願いだったのだから。

少し悔やまないでもなかった。またあの若奥さんとどこかで会っても、良くて会釈くらいで、もう言葉を交わすことはないのかもしれない。もともと、陽気で社交的な妻を介してのみの縁だった。だからこそ、生前の妻を知る誰かに、あの不思議な少女をちらりとでも見て欲しかった。

宅配業者にも見えた。ならば、妻の知り合いにも無論、見えるだろう。そうして見て、認識を共有してもらうことで、あの少女の存在がより強固なものになる気がしていた。

曖昧模糊《あいまいもこ》としたものは、不安だ。妻に先立たれてから、いいようのない違和感や気持ちの悪さ、収まりの悪さを感じ続けている。あの少女の存在は、その象徴と言ってもいい。このもやもやした状態に、何とかけりをつけてしまいたかった。

そうしてまた、本当に本当のところは、少し恐れてもいた。もしや自分の頭が、どこかおかしくなってしまったのではないか、と。無論、あの脳卒中が原因で。

死ぬことは、怖くない。だが、我を忘れ、何もわからず、他人に迷惑をかけながら生き続けるなど、考えるのも厭《いと》わしい。

どんな意味にしてもけりをつけるために、兎野さんは必要だった。まったく関係ないのに引っ張り出される若奥さんには、とんだ迷惑だろうけれど。

ありがたいことに、兎野さんは本当に夕方頃、やって来てくれた。背後に息子だという若者を伴って。がっしりとした体つきの、はるか見上げるような長身に、なるほど小さくはないなと思う。若者は彼を見るなり鼻先にぬっと紙袋を差し出した。玄関脇にあったという。憶えが無いので覗き込んでみたが、中身にもさっぱり見憶えが無い。そうしているうちに、息子さんが先に立ち、ずんずん奥に向かっている。兎野さんがその背に張りつくように進み、親子は居間の入り口で立ち止まり、同時にこちらを振り返った。

「……亀井さん」

母親の方に言われ、彼は「はい」と答える。

「えっと、あの、座敷童……私たちにも見えるみたいなんですが……いえ、そうじゃなくて。そういうことじゃなくって」

うろたえたように言いながら、彼女は居間に入っていく。怪訝《けげん》に思って近づいていくと、息子さんのヤツデのような手でそっと背を押された。兎野さんはちょうどソファにかがみ込んでいるところだった。

「亀井さん。この子は一体、どこの誰なんですか？」

彼女が腕に抱きかかえているのは、すやすやと眠る幼い女の子だった。

4

少し思い詰めた顔で亀井のおじいちゃんが用件を告げた時、正直言ってしまえば即座に「嫌だ」と思った。それは、忙しいとか面倒だとかが理由じゃない。

私はお化けとか、幽霊だとかが死ぬほど苦手なのだ。遊園地のチープなお化け屋敷ですら、そんなところに入るくらいならゴキブリやアシダカグモと闘った方がマシとさえ思う。

だけどおじいちゃんの頼みを無下《むげ》に断るわけにもいかない。それでとっさに夕方に行きますと時間稼ぎをしてしまった。

もちろん、アテはある。息子の大介だ。今日は試験前で部活もないから、早く帰ってくるはずだった。どこかに寄り道してくる可能性は大いにあったので、すぐさまメールで事情を説明しておいた。おじいちゃんが脳梗塞で倒れたところから始まる、無駄に長いメールである。昼頃に「なんかよくわかんないけどわかったよ」と返信があってほっとする。

久しぶりに明るいうちに帰ってきた大介は、「腹減ったー、メシなに?」以外のセリフをこれまた久々に口にした。

「あのさー、オフクロのメール友達に読ませたらさー、それってハンソククウカンムシじゃないかっつーんだけど」

「ハンソククウカンムシ？　何それ」

気持ちの悪い虫じゃないといいなと思いながら聞き返す。

「ほんと、マカンコウサッポウみたいだよなー。何か強い技名みてー」

そっちも何それだ。

その、大介曰く「マジ神レベル」で頭が良いという友達によると、半側空間無視という症状だか現象だかがあるのだと言う。脳が何かのダメージを受けて、片側一方の視覚、聴覚、触覚などの刺激を認識できなくなることがあるらしい。多くは左側半分にあるものが、見えない、聞こえない、触れない、ということだ。

亀井のおじいちゃんは脳梗塞で倒れているのだから、その後遺症だと考えるとしっくりくる。確かに気配は感じるのに見えない、とか、現れて突然消えた、なんてことの説明もつく。

「だけどそれじゃ」と私が気づき、「そうなんだよ」と大介は頷いた。

それなら、そこに本物の女の子がいるってことになる……幽霊や座敷童なんかじゃなくて。

「……何かさ、むしろそっちの方がヤバくね？」

「確かにヤバイね」

思わず息子の言葉につられつつ、事態はかなり深刻であることに気づく。

昼間、近所の子供が紛れ込んでいるくらいなら、いい。だけどおじいちゃんは、夜、眠っているときにも誰かの気配を感じていたのだ……。

しかも、おじいちゃんの口ぶりだと、異変はけっこう長い期間、一週間くらいは続いてる感じだった。それだけの時間を、万一、生身の子供が過ごしていたとしたら？　その間、少しばかりのお供えのご飯と麦茶だけでしのいでいるとしたら？

幽霊よりもそっちの方がよっぽど怖い。

それで息子を急き立てて、大慌てで亀井のおじいちゃんの家に向かった。おじいちゃんの表情は相変わらずいかめしく、読みにくかったけれど、挨拶もそこそこに家に上がらせてもらう。大介の友達を疑うわけではないけれど、もしかして本当に幽霊でしたという可能性もあったので、息子を前に押し立てて恐る恐る進む。

一見、リビングには誰もいないように見えた。しかしふと視線を落としてびくりとする。ソファの肘掛けに上半身を預けるようにして、すやすや眠る少女の姿があった。三歳くらいだろうか。そのあどけない寝顔に、胸がぎゅっと痛んだ。

矢《や》も楯《たて》もたまらず抱き上げて、亀井のおじいちゃんを振り返る。

「亀井さん。この子は一体、どこの誰なんですか？」

けれどおじいちゃんの驚愕の表情は、とても答えを知っているようには見えなかった。

私の腕の中で、女の子がもぞもぞと動いた。私のせいで起こしてしまったらしい。さすがに驚いたのか、身をよじる様子を見せたので慌ててそっと床に立たせる。けれど特に怯えた風でもなく、どこか不思議そうに私を見上げている。

屈んで視線を合わせながら、にっこりと微笑んでみたが、少女の表情は変わらない。酸味を帯びた汗の臭いが、ふわっと漂う。

「……どこか痛いところ、ある？」

少女は横に首を振る。

「お腹は空いている？」

やはり少女は首を横に振る。驚いて、本当に？　と重ねて問うたら今度は頷く。

「朝は何を食べたんですか？」

大介がずけずけとおじいちゃんに尋ねた。まだ放心していたおじいちゃんは、我に返ったように答える。

「ここんとこはずっと、クッキーを食べているな……見舞いでもらったのがあったから」

「これですね」大介がキッチンから丸い缶を持ってきた。「これをこんな感じでテーブルに置いてたわけだ」

蓋《ふた》を開けると、クッキーは半分ほどに減っていた。

「で、昼には何を食べてたんですか」

大介が続けて聞いた。

「焼きめしとか……焼きうどんとか……」

ひどく心許なげなおじいちゃんに、大介は偉そうにうんうんと頷く。

「フライパンひとつで作れて、片付けも皿一枚で済むメニューですよね。でまあ、夜もたぶん同じ感じだった」

「それじゃ栄養が偏っちゃうわ」

思わず口を挟んだが、その場の誰からも無視された。大介は得意気に続ける。

「あのね、おじいちゃんは気づかないうちに食事をずっとこの子と分け合っていたんですよ。おじいちゃんは脳梗塞で倒れたそうですよね。たぶん、その後遺症で左側半分の物が見えなくなっちゃっているんです。見えないだけじゃなくて、聞こえないし、触ってもわからない……わからないことにも気づかない。そういう症状があるんですよ。見えないから食事の時も、お皿の左半分だけをきっちり残したりするんだそうです。この食卓で、いつもおばあちゃんは左側に座っていたんじゃないですか？　ソファでもそう、ベッドでもそう。たまたまおばあちゃんの定位置だったその場所が空いていたから、この子はずっとそこにいた。だからおじいちゃんには見えなかったんです……まあこれ全部、友達の受け売りだけどね」

演説を終えて、大介はにやっと笑った。

「そんな……馬鹿な……」

おじいちゃんは弱々しくつぶやいたが、現にここに少女がいるのだから、認めないわけにはいかないのだろう。そのまま頭を抱えるようにしている。

「……そうなの？」私はまた、少女に話しかける。「おじいちゃんがお皿の半分だけしか食べないから、残り半分をあなたにくれたんだと思ったの？」

少女はこくりと頷《うなず》く。あまりにも哀れで、思わずその頭をそっと撫でようとすると、相手はびくりと体を強張らせた。

「この家に来て、何日くらい？」

出しかけた手を引っ込めながらそう尋ねたが、幼い少女には難しい質問だったらしい。わずかに首を傾《かし》げるばかりだった。

「お名前は？　今までどこにいたの？」

住んでいる場所を聞いたつもりが、少女は階段の方を指差した。二階、ということらしい。

「あー、ちょっと見てきていいっすか？」

大介の言葉に、おじいちゃんはかすかに頷く。

「もうずっと上がっとらん。掃除もしとらん」

「だけどさー、おじいちゃんよく今まで無事だったよね」階段に向かいながら大介は言った。

「左半分見えなくて、よく事故に遭わなかったなあ……買い物とか」

「買い物は……すぐ近くのスーパーくらいしか行っとらんから……」

ぼそぼそとつぶやきながらなお、まだ半分見えないということが自覚できないのか、じっと自分の左手を見つめている。その途方に暮れた様子に、こちらも不安になった。

「でも亀井さん、困りましたね。この子、どこの子なんでしょう？　警察に通報するべきかしら。その前にお風呂にも入れてあげたいけれど……」私は少女の髪の毛に着いた綿埃《わたぼこり》を見やった。払ってやりたいが、また驚かせてしまいそうだ。

「……警察」心細そうに亀井さんはつぶやく。「この子を拐《かどわ》かしたってことで捕まったりしないだろうか……」

「そんなことないですよ」内心、ちょっとそういうことも考えないではなかっただけに、大慌てで否定した。「亀井さんのご病気のことは、ちゃんと私たちが証言しますから大丈夫です。ただやっぱり、こんな小さな子供がいなくなったら普通、大事件ですよね。なのにそんなニュースはさっぱり聞かないし……この子の保護者は何してるのかしら。ねえ、パパやママはいないの？」

そう尋ねても、少女は困ったように首を振るばかりである。

さっきからずっと、この子は一言もしゃべらない。もしや……口がきけないのだろうか。

そう思い至ったとき、のしのし足音を立てて大介が降りてきた。

「二階でこんなん見つけたんだけど」

小さな子供用のリュックサックだった。赤い地に、白いウサギのキャラクターがプリントされている。

「これ、あなたの？　開けていい？」

そう尋ねると、やはり黙って少女は頷く。

まず目についた茶封筒を引っ張り出すと、表に「亀井様」とあったのでおじいちゃんに手渡す。次いでキルティングのポーチを引っ張り出す。中身は母子手帳と保険証だった。

「あなた、鶴田《つるた》珊瑚《さんご》ちゃんっていうの？」

保険証の名を読み上げると、少女はこくりと頷く。住所は隣の県になっていた。ここからは電車で一時間くらいか。少なくとも、子供が一人で迷い込める距離じゃない。保険証によると、珊瑚ちゃんは四つになったばかりだった。

「誰がここまで連れてきたの？　パパ？　ママ？」

最後のところで珊瑚ちゃんは頷く。

「おじいちゃんとか、おばあちゃんとかはどこにいるの？」

その質問に、少し考えてから珊瑚ちゃんは小さな人差し指ですっと一方向を指し示す。そこには、震える手で封筒を逆様にする亀井のおじいちゃんの姿があった。その萎《しな》びた手のひらに、ぽとりと赤い雫《しずく》が落ちる。覗き込んで見てみたら、丸くて赤い石のはまった指輪だった。

「……昔、妻に贈った珊瑚の指輪だ」かすれた声で、呻《うめ》くように言う。「家を出た息子が、この子の母親にやったそうだ」

「生前奥様が、息子さんに譲ってたってことですか？」

亀井さんが複雑そうな顔で頷いたところを見ると、彼自身は与《あずか》り知らないことだったらしい。

そして、もし女性が大切な指輪を息子に譲るとすれば、それは「お嫁さんになる人に上げて」という願いが込められているパターンが多いだろう。

「……それじゃこの子は……亀井さんのお孫さん？」

驚いて大声を上げると、おじいちゃんの顔はくしゃくしゃに歪み、泣き笑いのようになった。

「そうなるなあ……目許なんか、妻によく似ているしなあ……」

瞬間的に私の眼も潤《うる》む。それじゃあ、奥さんも息子さんも亡い今、この子はおじいちゃんのたった一人の身内じゃないの……。

「でも」と肝心のことに気づく。「この子のお母さんはなんでまた……」

すべて言わせず、亀井さんに便箋を渡された。指輪と一緒に封筒に入っていた物らしい。


結婚はしていませんが、篤志さんとの子です。名前は珊瑚です。さんごとよみます。四才になりました。ここまで私一人で育てましたので、あとはよろしくおねがいします。今、一緒に暮らしている人が子供がきらいで、すぐに珊瑚をいじめるので、そちらにいる方が幸せになれると思います。私も珊瑚にはちゃんとした家で育って欲しいです。

指輪は篤志さんからもらいました。珊瑚が大きくなったら渡すつもりだったみたいなので、一緒にいれておきます。珊瑚の名前は、この指輪と、前に水族館で見たのがきれいだったからです。

かわいがってあげてください。おねがいします。

鶴田真珠《まじゅ》

ぺらりと便箋一枚にそう書かれていた。

思わず亀井さんと珊瑚ちゃんを交互に見やり、しばらく言葉もなかった。

なんて母親だろう？　体のいいことを書いてはいるけれど、何のことはない、珊瑚ちゃんは捨てられたのだ。それも、一度も会ったことのない、白髪頭のおじいちゃん一人住まいの家に。

どうしたらいいんだろう、とおろおろ考える。亀井のおじいちゃんは脳梗塞の後遺症を抱え、今まで事故がなかったのが不思議なくらい。再発だって心配だ。そこへ、まだまだ手のかかる幼児、しかももしかしたら口のきけない子……。

どう考えても、無理すぎる。一週間前後も、よくもまあ、無事で生きていてくれたという感じだ。

かといって、無責任極まりない母親のところに帰すのも……。子供が嫌いですぐ苛《いじ》めるという同棲相手のことも心配だ。頭を撫でようとしたときの反応、あれは大人から叩かれたことのある子のものではないかしら。

あれこれ考えていると、大介がいつのまにか側《かたわ》らにぬっと立っていて、「これ、さっき見つけたやつ」と紙袋を差し出した。

袋を覗き込んでみると、ビニール袋にくるまれた衣類のようだ。もしやと思って取りだすと、やはり子供の着替えや肌着の類である。

大介によると、玄関を出てすぐ右側の、大きな壺の陰に隠すように置かれていたとのこと。明らかに、珊瑚ちゃんの母親がそこに押し込んで行ったものだろう。おじいちゃんは家から出るときには壺の陰で気づかず、帰ってきた時には左側で気づかず、で今日まで放置されてしまったらしい。

「……とにかく着替えも見つかったし、一度家に連れて帰ってお風呂に入れてきましょうか？」

そう提案してみたら、意外なことにおじいちゃんははっきりと首を振った。

「ありがとう、兎野さん。だがうちの孫だしね、一人でなんとかするよ」

「……でも……」

「大丈夫だよ」亀井のおじいちゃんは、口許にわずかな笑みさえ浮かべて言った。「半分見えないということが、どうもまだよくわからないが……少なくとも今は見えないと知っているんだからなんとかなる。おまえ、珊瑚や。じいじを助けてくれるな？　じいじは目が悪いから、呼んだらちゃんと来て、じいじの手につかまれるな？」

珊瑚ちゃんはこくりとうなずき、延ばされた皺《しわ》だらけの右手に、そっと小さな手のひらを重ねた。

5

「――まあ確かに、こと子育てに関して男の『大丈夫』はアテにならないわよねえ……亀井さんはあのお年だし、あんな小さな、まして女の子だなんて」

田宮さんは何とも微妙な表情を浮かべて言った。

整体のサガラさんの待合室でのことだ。一昨日、亀井さんは珊瑚ちゃんを伴ってやって来たそうだ。妙に自慢げに、「孫娘ですわ。事情があって、うちで引き取ることになったんですわ」と自分から説明したという。このニュースはすぐさまお年寄り（主におばあちゃんたちだが）ネットワークを駆け巡り、「孫の古着やオモチャを持ってきた」だの「美味しいお菓子をもらったからお裾分け。お孫ちゃんに」だの「おかずを作りすぎたから」だのと言ってはご近所の皆さんが千客万来状態だという。やはり私もとっさに危惧したように、わずかでも母性本能を備えた者の眼には、あまりにも危なっかしい二人に映ってしまうのだろう。

少しためらってから、私は言った。

「実は亀井さん、脳梗塞の後遺症で左半分が見えていないみたいなんですよね」と伝えたら、田宮さんは憤然と、「ほんとに何が『大丈夫』なんだか聞いて呆れるわ」と言った。

亀井さんのプライバシーではあるけれど、ことは命に関わる問題である。ご近所に事情を知っている見守りの眼を増やしておくのは、亀井さん自身と珊瑚ちゃんにとってプラスになると考えたのだ。

　ただ、今のところは二人で平穏に仲良く暮らしている、ように見える。二人で散歩や買い物に出ている姿も見かけた。やはり血のなせる業《わざ》か、短い間に祖父と孫との間には深い絆が結ばれたように見える。皺深い手を命綱のようにギュッと握っている少女を見ただけで、そのあまりのいとけなさにふと涙ぐみそうになる。

　けれど時間が経てば経つほどに、当人たちではなく周囲の間で「このままじゃまずいんじゃないか？」という空気が形成されていった。まず住民票を放置したままでは、こちらの子供医療費無料制度の恩恵を受けられない。予防接種の案内も来ないし、幼稚園や保育園はともかく、小学校の入学案内も来ない。それに何より、珊瑚ちゃんが発話障害児なのでは、という疑念があった。誰かが亀井さんに探りを入れたらしいのだが、「なあに、ちょっと言葉が遅いだけですよ。息子も確か、けっこう遅かったから、やっぱり似るんですなあ」などと暢気《のんき》なことを言っていたと、呆れ果てていたそうだ。

　こうして自然発生的に、〈ババーズ〉は結成された。ちなみにこの失礼な命名は大介によるもので、当初内緒にしていたのだが思わず口を滑らせた結果、「ひゃっひゃっひゃ」というおばあちゃんたちの笑いと共に正式名称となった。そしてどういうわけか、私はこの組織の事実上の実働要員となっていた。

　まずは亀井のおじいちゃんに、母親を探す必要性を説き、母子手帳を借りることに成功した。これは実は、プライバシー情報の宝庫である。産婦の体重推移なんてトップシークレットも記載されているから、できれば自分のは人に見られたくないし、人様のも見たくはない。けれどこの際、手がかりがこれしかないからやむなしと、じっくり調べさせてもらった。

意外、と言っては何だが、かなりきちんと記載されている。父親欄にはちゃんと亀井篤志の名があった。住所と電話番号もあったが、電話は現在使われていなかった。引っ越したのか、と思い、ふと気づく。そう言えば、保険証にも住所が記載されていなかったか？　現在有効なものなら、それが最新の住所であるはずだ。

亀井のおじいちゃんに確認すると、確かに保険証には同じ市内の別な住所が記載されていた。なんだ簡単だったわと、用件をしたためた手紙を書き送ったけれど、いくら待っても返事が来なかった。仕方なく、また母子手帳を見直す。職業欄には美容師とあった。これは手がかりになりそうだ。

一応念のためのつもりで、パソコンで母親の鶴田真珠の名前を検索してみる。すると問題の市にある美容院のホームページがヒットした。スタッフ一覧の中にその名がある。これは当たりくじと見て、思い切って彼女を指名して予約を取ってみた。手紙なら黙殺できても、美容師が客との会話を無視することはできないだろう。

電車に乗って一時間、幸い美容院『ココット』は、駅からそんなに離れていなかった。まだ残暑も厳しいというのに、鶴田さんはだぶだぶした長袖のシャツを着ていた。あまり愛想がいいとは言えない。にこりともせず「今日はどうされますか？」と聞かれたので、ことさらにこやかに「白髪が目立ってきちゃったから、カットとカラーお願い」と伝える。雑誌を読むふりをしながら、しばらく観察する。今どきの若い人、という感じ。まあまあ美人で、どこか気怠《けだる》げな雰囲気。

カットが始まったとき、我慢できなくて口を開いた。

「あの、珊瑚ちゃんのお母さんですよね？」

ストレートに尋ねると、ハサミを動かす手が止まった。

「どっかでお会いしましたっけ？」

「いいえ、違うの。手紙、読んでくれた？」

「手紙？」

不審げに言う。とぼけている風でもなく、もしかしたら彼女の手には渡っていないのかもしれなかった。

「私、亡くなられた亀井のおばあちゃんの友達よ。あなた、どういうつもりで……」

「亡くなられた？」

戸惑ったような声。ため息が出る。

「何で我が子を置いていったりしたの？」

ハサミが再び動きだす。少し間があってから、返事があった。

「ちゃんとした家だったから。一戸建てで、二階があって、お庭があって……あんなお家に私も住みたいけど、無理だから。でもあの子なら孫なんだし、住む権利あるでしょ？」

「権利ってあなたねえ……親には子供を側に置いてちゃんと育てる義務があるでしょうに。それにあのお宅、今はおじいちゃん一人なわけだし、しかもそのおじいちゃんが脳梗塞で倒れたばかりで、半分目が見えてない状態よ。あなた、自分がどれだけ無茶で勝手なことしたかわかって……」

「でも、私じゃ幸せに出来ない」また途中で遮られた。「家族とか、親子とか、よくわかんないし。あいつが珊瑚のこと、叩くし」

「あなたも叩かれてるんじゃないの？」

サガラさんの待合室で行われた、〈ババーズ〉の作戦会議で誰かが言っていた。

『あたしの経験上、子供嫌いで子供を叩くような輩は、早晩女のことも殴り出すよ』と。

さっき、洗髪をしてくれたとき。袖を捲《まく》り上げた鶴田さんの腕には、複数の青痣《あおあざ》があった。まるで、顔に殴りかかられたのを、その腕で防いだかのような痣が。

「別れたら、そんな男」

わざと簡単に言ってやる。鏡の中の鶴田さんは「別れたくても……」と言葉を濁してから、きっと顔を上げた。「あの、仕事中なんで、プライベートな話は困ります」

「――じゃ、最後に一つ大事なことを。珊瑚ちゃん、今、口がきけなくなってるの。たぶん、あなたに言い含められて、あの家に置き去りにされてから、ずっと」

母子手帳を見せてもらって、はっきりしたことがあった。成長の記録の、一歳六ヵ月のページ。ママ、ブーブーなど意味のある言葉をいくつか話すか。二歳のページ。二語文を話すか。そして三歳のページ。自分の名前が言えるか。それらの質問事項のすべてに、「はい」に丸がしてあった。

いきなり現れた知らない男に苛められることが、珊瑚ちゃんにとって苦痛でなかったはずはない。けれど何よりの衝撃は、母親に捨てられたこと……それこそが、少女が言葉を失ってしまった原因に違いないというのが、〈ババーズ〉の一致した見解だった。

ならば、母親を連れてくるしかない。何としても、無理やりにでも。

私は鏡の中で目を見開き、泣きそうになっている相手に向かって、有無を言わせない迫力で命じた。

「とにかく、四の五の言わず、すぐに会いに来て。その時には、大事な物はみんな持ってくることをおすすめするわ」


翌日、亀井家の玄関先に若い女がうろちょろしているという情報が、光の速さでうちまで届いた。もちろん、すべてを放りだして駆けつける。

実のところ、来ないかもしれないと思っていた。それならいっそ、私が通い詰めて面倒を見なければとさえ、考えていた。もう自分の子育ては終わったし、と家族に告げたら、大介から「ちょ、まだ終わってなくね？　オレまだ高校生だし」と抗議されたが、「百八十センチにまで育った人間はもう子供じゃありません」といなしてやった。珊瑚ちゃんを見かけるたび、その小ささ、可愛らしさに胸がきゅんとしてしまう。うちの息子共にだって、あんなサイズの時代があったはずなのだが、やっぱり女の子と男の子とじゃ違うし、とも思う。

案に相違して、鶴田さんは珊瑚ちゃんに会いに来た、らしい。珊瑚ちゃんのためにはそれが一番と思いつつ、内心で軽い失望を覚えたのも正直なところだった。

けれどそんな勝手な思いも、亀井家にたどり着くまでだった。私はちょうど、玄関先から転がるように飛びだしてきた珊瑚ちゃんが、母親にぶつかる勢いで駆け寄るところを目撃した。少女の喉からはまるで薄いガラスが割れた時みたいな、細いちりちりした悲鳴が上がり、それは長く尾を引く嗚咽《おえつ》となり……。そして叫んだのだった。

「――ママーッ」と。

6

鶴田さんは結局、亀井家の二階に下宿することになった。仕事はまた、こちらで探すのだと言う。住民票も移し、珊瑚ちゃんの保育園入園申請手続きもした……と言うか、私が役所に引っ張って行ってやらせた。こんな半端な時期ではなかなか空きもないだろうけれど、おじいちゃんも面倒を見る気満々なのでまあ当面は大丈夫だろう。あまりに姑じみた振る舞いをすると、逃げ出したくなってしまいかねないから、この辺りでお節介はやめておいた。そうして〈ババーズ〉全体も、遠くから見守る態勢に落ち着いた。

不思議なことに、おじいちゃんの半側空間無視の状態は、徐々に改善されていった。お医者様曰く、「治療法はないけど、けっこう自然に治ることもあるんですよね」とのことだった。大変に喜ばしいことである。

鶴田さんがやって来て間もなく、恐れていた事が起きた。DV男の来襲である。彼は亀井家の住所を知らず、標的になったのはなんと我が家だった。私が鶴田さんに送った手紙を勝手に開封し、隠匿《いんとく》していたのだ。常識外れの夜遅い時間に突然やってきて、女はどこだと玄関先でわめきちらしてくれた。

そこへ応対したのが、長男の長一郎《ちょういちろう》（大学ラグビー部所属）、次男の大介（高校バスケ部所属）、夫の努《つとむ》（柔道黒帯所持）の三人である。身長百八十センチオーバーの大男三人にぬらっと取り囲まれ、男は途端に子兎のようにおどおどとおとなしくなった。すかさず私が出て行って、「確かに手紙は送りましたけど、返事が無くって……。結局お子さんも保護されましたし……いつからいなくなったんですか？　シェルターにでもかくまわれているんじゃありません？」と見事に空っとぼけ、男はすごすごと帰って行った。

「良かったわあ、暑苦しいむさ苦しい場所ふさぎで狭苦しいの三重苦の我が家だけど、こういうときにはすごく役に立つのねえ」と労《ねぎら》ったら、口の減らない大介に、「けど、兎野家で一番強いのはオフクロだよね」と言われた。

その後は特にこれといった危機は訪れず、我が家も、そして亀井・鶴田家連合も、平穏な日々を過ごしていた。うちの場合はもちろん、小さな事件はしょっちゅうだ。大介がテストでスリリングな点数を取ってきたり、長一郎が大事な課目の単位を落としかけたり……突如夫婦喧嘩が勃発したり。

亀井家だって、問題がないはずはない。むしろ、大小様々な問題が、山積みだろう。

だけど……。

この間、鶴亀家の三人で遊歩道を散歩する姿を目撃した。大人二人に挟まれて、珊瑚ちゃんは小さな両手を左右に預け、順繰りに、ゆっくりと歌うように言っていた。

「マーマ」

「じいじ」

「マーマ」

「じいじ」

そのたび、左右の二人は「はいはい」とか「なんですか」とか、律儀に答えている。その急ごしらえで奇妙な家族の、ゆったりと緩やかな幸せの様子に、ふと涙がこぼれそうになる。

問題はないわけない。けれど、あんな珊瑚ちゃんを見せられたら。母親として、祖父として、そして大人として、努力し続けないわけにはいかないだろう。

「あ、ウサギさーん」

目敏《めざと》く私を見つけて嬉しげに声を張り上げてくれる珊瑚ちゃんとその保護者二人に、私は自転車を停めて挨拶をした。それじゃあねと手を振ってから、忙しい兎は再びペダルを踏む足に力を込める。食料品を満載したヨタヨタ自転車に乗っているのじゃ無ければ、兎みたいにぴょんぴょんスキップしたい気分だった。

この出口の無い、
閉ざされた部屋で

1

彼は休み時間の教室にいた。

数人で固まって、馬鹿話に興じる者。宿題のプリントを大急ぎで写す者。他のクラスから、忘れた教科書を借りに来た者。女子の甲高い笑い声。椅子を鳴らして立つ者、座る者。

――うるさい、うるさい、うるさい……。

彼は手にしたシャープペンシルのヘッドをカチリと鳴らす。まるで起爆スイッチか何かの様に。その瞬間、教室は水を打ったように静かになる。やかましいカエルの池に、どぶんと石を投げ込んだみたいな、劇的な効果。

彼は満足し、それから正面に目を移す。

日直が雑に消した黒板には、前の授業の文字が所々残っていた。食べ散らかした残骸のようで、気になった。誰だか知らないが、中途半端な仕事ぶりには、ただ嫌悪感を覚えるばかりだった。

しかしだからといって、彼はわざわざ立ち上がって黒板をきれいにしたりはしない。それほどヒマではない、ということもあるし、他の生徒の視線も気になる。

基本、彼は他人からどう思われようといっこうにかまわないと思っている……実害さえなければ。だが、他者から「何だ、あいつ、優等生ぶって」と言われたり、言われずともそういう眼で見られたりするのは、煩《わずら》わしいという意味では実害だ。

ちりちりと小さな苛《いら》立《だ》ちを覚えつつ、改めて自分に言い聞かせてみる。俺はできる。何だってできる。魔法みたいな事が、ほんとにできる。

彼は自分の席に腰かけたまま、強い意志を込めて黒板を見やった。それは生物教師が書いた横書きの文字の残骸であることを知る。少し癖のある文字を書く先生で、ことにアルファベットのPなどは、まるで数字の9の鏡文字だった。

彼はまず、完全に残されているATPという三つの文字の連なりをじっと見つめる。そして心で念じる。

「キ・エ・ロ」

するとチョークの文字はみるみる薄くなり、そして完全に消えた。

彼はほくそ笑む。休み時間の教室で、不思議にも文字が消えたことに気づく生徒は誰もいない。彼は一度ギュッと目をつぶり、そして見開く。黒板は完全にきれいになっていた。

そうして気づく。

そうか、消すのは何も文字に限ったことじゃない。人だって、消してしまえばいいんだ。そうすりゃこの上なく静かで、クリーンな教室だ……。

そう考えたとき、思考に割り込んできたものがあった。耳障りでずけずけととんがった音。

呼び出しのベルだ。

＊　＊　＊

体育教師の発言に、心が躍るなんてことは百パーセントない。とりわけ、次からバスケットボールをやりますなんて言われると、心底うんざりする。まあ、球技全般、苦手だけれど。バレーボールにせよ、野球にせよ、個人のミスが明確になるところはけっこう最悪。だけどバスケとか、それにサッカーも、ずっと走り回ってろなんて何その拷問《ごうもん》、だ。そのどっちのときも、なるべくボールの来なさそうなところでひたすら動き回るしか無い辛さ。ときおり先生から、名指しで「こらー、ダラダラ走ってんじゃないぞー」なんて怒鳴られながら。ほんと最悪だ。

そこまで考えて、彼はにんまり笑う。だけど今は違う。

取り敢えず、バスケットボールだ。シューズがキュッキュと鳴り、派手なドリブルの音、チームメイトや対戦相手の声、汗とボールの匂い……。

「パス、こっちよこせ」

彼はそれまで一度も口にしたことの無いセリフを言った。それに応えて、ボールがまっすぐこちらへ飛んでくる。胸の辺りでキャッチ。重くて大きなバスケットボールの感触。自分たちが入れるべきゴールは、まだはるか遠く。自陣のゴールの方がずっと近い位置だ。

だが彼は強く念じる。できる。きっとできる。魔法みたいなミラクルシュートが。

両手でぽんとボールを突き放す。まるで紙風船でも飛ばすように軽やかに。ボールはやや不自然な弧を描いて飛んでいき、バックボードに当たるかと思わせて、いきなり直角に折れ曲がった。すべての選手の視線をまとわせて、ボールはそのままバスケットのど真ん中にすとんと落ちた。

やや無理やり感は否めないものの、ミラクルはミラクルである。

さあ、ここで沸き上がるのは歓声だ。体育館をゆらすような、どよめき。

あれ、体育の授業って設定だっけ？　まあいい。せっかくのミラクルシュートだ。ギャラリーが多い方がいい。おおっ、とか、すげー、とか、そんな感じの声が……。


いや違う。聞こえているのは、呼び出しのベルだ。

＊　　＊　　＊

夜道だった。塾の帰り道、月がどこまでも付いてくる。

彼の前を、ひと組の男女が歩いていた。まだ若い。おそらく十代半ば。彼と同年代だろう。

彼らと遭遇するのは、実は初めてでは無かった。しばらく前から、それもわりとしょっちゅう、この近辺で見かける。

二人の間には微妙な距離が開いていて、その空間を小さな生き物がちょろちょろしていた。二人は犬の散歩をしているのだ。ぽつりぽつりとぎこちない会話を交わす様子から、二人が付き合っているわけでもなく、血が繋《つな》がっているわけでもなく、何か事情があって夜遅く二人で犬を散歩させていることが推測できた。

「いつも家まで送ってもらってごめんね……すごく遠いのに」と女の子が言えば、男はぶるぶる首を振り、「そんな、散歩に付き合ってもらっているんだから当たり前だよ」と言う。

「私が勝手に付き合ってるのよ」

「勝手だなんて……付き合ってもらって、ほんとに僕は……おかげで……」

男の語尾が、ごにょごにょと消える。近づく通行人の存在になんて、まるで気づいてもいない。完全に、二人と一匹の世界だ。

彼は無性に苛立った。

犬をじっと見つめる。犬は視線に振り返り、つぶらな瞳で彼を見返した。心の中で、犬に命じる。

――立て。

その途端、犬はすっくと後ろ足二本で立ち上がった。前の二人がぎょっとしたようにそれを見つめる。彼は犬の口を借りて、言ってやった。

「ホントニジレッタイナアフタリトモ。スキナラスキッテイッチャエヨ」

小さな犬に相応《ふさわ》しい、子供みたいな可愛い声で。

「え？　えーっ！」

口をアングリ開けて驚く二人の表情を、横目で確認しながらニヤニヤと行き過ぎる。


そこで目が覚めた。

＊　＊　＊

耳障りな音が響く。深い水底から引き上げられるように、意識がゆっくり浮揚する。

呼び出しのベルが鳴っていた。身をよじり、本能的に音の出所を確認する。その途端、逆方向からバンバンと別な音がした。窓ガラスが外から乱暴に叩かれている。ブラインドを下の方だけほんの五センチばかり開けていたのだが、その隙間にむさ苦しい男の顔がある。何か言っているようだがよくわからない。

「……わざわざ来たのか、ゴリ野」

受話器を取り、ため息と共に言ったら、「誰がゴリ野だ」と必要以上にでかい声が聞こえた。

「わざわざ来てやったんだよ」

「そりゃどうも」

と言いながらブラインドを全部閉めようとしたら、受話器がひときわでかい声で「おい、ひでーぞ、おい」とがなり立てる。肩をすぼめ、ブラインドを相手の図体が収まりきる高さにまで調節した。久々に浴びる外光が眩しかった。

「いつも開けてりゃいいのに」

でかい口でニカッと笑い、相手は言う。

「……冗談じゃない、動物園じゃあるまいし、通りすがりのやつにいちいち部屋を覗き込まれたくないよ」

曇りガラスだったら良かったのに。それでもやっぱり、ブラインドは閉めていたかもしれないけれど。

「覗き込んだところで、別に面白い眺めでもないしな」

「その面白くもないとこへ、何の用だ」

俺の愛想もクソもないセリフに、相手は心底不本意そうだった。

「何だよ、冷たいな。用がなきゃ、来ちゃいけないのかよ。しかしなー、この距離でテレビ電話状態っつーのもなんだかなー。中に入れていただくわけにはいきませんかねー?」

ゴリ野はふざけたように身をくねらせる。だいぶ気持ち悪い。

「入れられるか、馬鹿。ここは神聖なヒキコモリ部屋だ。おまえみたいなむさ苦しいのが入ってきたら、あっという間に清浄な空気が汚染されてしまうわ」

「わー俺、バイキンマン扱い。酷《ひど》いわー……って、無視かよ。ほんと酷いな」

とがなり立てる受話器を側らに放置し、スピーカー状態にする。それからノートパソコンを起動した。しばらく、キーを打つ音がカチャカチャと室内に響く。

「……何、書いてんの？」

受話器がそう尋ね、俺はちらりと窓の方に目を走らせた。それから一応受話器に顔を近づけて答える。

「夢だよ。おまえが来て中断された夢。早く書かないと、忘れちまう」

「おまえでも、何か忘れたりするのか？」

そう言われているのは無視し、今見たばかりの夢の概要を打ち込んでいく。

「夢日記かあ……ねえねえ、その夢って俺も登場するの？」

「……何日か前のには出てきたな、そう言えば。だけどあの夢は失敗だった」

「え？　夢に失敗とかあんの？」

「おまえにもう引っ込めって言ってやったけど、駄目だった。夢の中でもおまえは暑苦しくてずうずうしいままだった。リアルに夢が負けた形だな」

わけがわからない、というように眼をぱちくりさせている。妙におかしかった。

「……明晰夢《めいせきむ》って聞いたことない？」

「うんにゃ、なにそれ？」

なにそれの後に、美味《おい》しいの？　と続いた気もするが無視した。

「端的に言って、非常に自覚的に見る夢のこと。自分でこれは夢なんだってわかってるってことだな。普通の夢だと、たとえば文字を見ても書いてあることがわからなかったりするけど、明晰夢ならそれができる」

「ほほう」

「そしてこれが肝心な点だけど、自分で自分の夢の内容を自在にコントロールできるんだ。空を飛んだりとか、時間を巻き戻したりとか、ぱっと物や人を出したり消したり、なんていう魔法みたいな事だってできる……それも、実際に体験しているみたいなリアルさでね。『まるで夢みたいな事』が実現できるのが、明晰夢だ」

「たとえば、特上寿司を死ぬほど食いたい、とか……いやひょっとして、アイドルと付き合いたい、とか、そういうことでも？」

食い気と色気を前面に押し出され、思わず苦笑した。

「まあ、やろうと思えば。けど俺は……いや、そういうことよりさ、明晰夢ですごいのは、時間をほぼ無限に手に入れられるってことなんだよ。一度の睡眠で世界一周旅行をしたり、本を何冊も読んだりなんてことができる」

相手は「スゲー、ドラゴンボールかよ」とつぶやいている。俺はオーバーに肩をすぼめた。

「……俺はもうカンケーないけど、おまえはさ、試験前に勉強するのにいいんじゃないか？」

「本を読むって、読んだことない本？」

「いや、さすがにそれは。以前に読んだものを読み返す感じだな」

「じゃー勉強とか、無理じゃね？　俺、授業受けた位じゃ教科書の内容なんて頭に入らねーし」

相手は堂々と言い切ってにかりと笑う。「何かそれって、教科書を丸暗記してるおまえならではって気が、チョーするんですけど」

そうかもしれない、とは思う。長期記憶化していない事柄について、明晰夢でクリアに再現できるかどうかについては、俺自身、未だ実証できていない。

やや沈黙があり、ふいに相手がぼそりと言った。

「あのさ……カンケーないとか言うなよ」

「え？」

明晰夢について考え込んでいた俺は、軽く首を傾《かし》げる。

「おまえ今年はアレだったけど、別におまえのせいじゃねーし、要は運が悪かっただけだし、また来年受験すりゃいいじゃん。おまえの頭ならどこだって絶対受かるし、一浪なんて珍しくもないじゃん。だからさー」相手は窓ガラスギリギリまでに顔を近づけている。「だから、もう関係ないとか言うな」

「……まるで客を威嚇《いかく》する動物園のゴリラだな」

わざとふざけた口調で言ってみたが、相手は笑いも怒りもしなかった。

「じゃな。ヒキコモリの邪魔して悪かった」

そう言うなり、さっさと歩き去ってしまった。

いきなり、静かになる。ふうっと小さなため息が漏れる。正直、人と話すのも億劫《おっくう》だった。気力も無い。気概も無い。何を成すことも無い、ゴクツブシ……。

「……もう一眠り、するか」

俺は一人つぶやき、ブラインドを閉めた。

2

——夢を見ていた。

明日は受験だから、解熱剤を多めに出してくれと言ったら、医者は思いきり顔をしかめた。

「気持ちはわかるけどね、ほらこれ、さっき撮った胸部レントゲン。白くなってるでしょ。肺炎になっちゃってるよ。どうしてこんなになるまで我慢してたの」

いきなり発熱したのは昨日の夕刻のことだ。それを最初に説明していたにもかかわらず、覚えていないのか信じていないのか、医者はなじるように言った。抗弁する気力も無く、とにかく熱を下げて下さいと頼む。待合室で計った体温は、三十九度を超えていた。頭が割れるように痛み、どうにも体の震えが止まらない。

「インフルエンザじゃないみたいだけどね、どっちみち、今こんな状態じゃ明日なんて無理だよ。センター試験なら、追試があるだろう？」

医者はいとも簡単に言ってくれたが、俺の心中は嵐だった。

今まで、大事なときに体調を崩すなんて事、一度だってなかったのに。なんでこのタイミングなんだよ。追試？　何それ。風邪ひいて熱が出ました、で通るものなの？　ほんとに受けさせてもらえんの？　もし駄目だったら……。

模試ではずっと、志望校でA判定をとり続けていた。四月から志望大学に通学する未来しか、想定していなかった。学校の先生にも、塾の講師にも、言われていた。君は実力通りで問題ないだろう……そんな風に、太鼓判を押されていたのに。

いや、もう一つ、言われていたっけ……。

――あとは、当日の体調にさえ気をつけていれば大丈夫、と。

よくある型どおりの激励のセリフが、どうして不吉な予言みたいになるんだよ。

いや、俺にだって予言できる。その後、色んな事が悪い方へ悪い方へと転がっていき、とんでもない事態になって……。

結果、部屋から一歩も外に出られない日々を送ることになるんだって事。

なぜ予言できるかって？　それは、もう既に起こってしまったことだからだ。

これは夢だから……。

そう考えたところで、はっと目が覚める。最悪の寝覚めで、最悪の夢だった。

「……失敗だ」

思わず口から漏れた声は、かすっかすにかすれている。机の上に出しっぱなしで、ぬるくなっているミネラルウォーターを一口含む。なんだか鉄臭い味がした。

現実そのままの夢なんて、見る価値も無い。リアルが悪夢と化した現実ではなおさらだ。俺が望んでいるのは、完璧にコントロールできる夢だ。鳥が空を飛ぶように、自由自在な夢。そう言えば、空を飛ぶ夢も意識して見ようとしているが、未だ実現していない。実生活が何ひとつままならない今、せめて夢の中くらいは自由でいたいのに。

悪夢の残滓《ざんし》を引きずったまま、枕から頭を引きはがす。体全体が重かった。卓上の時計に眼を走らせると、三時。真っ暗だったから、深夜の三時なのだろう。俺にとってはどっちだろうが、あまり意味の無いことだけど。

失敗だ、と今度は心の中でだけつぶやく。仕切り直しとばかりにまた目を閉じたが、到底眠れそうになかった。当たり前だ。昼間あれだけ、うとうとしたり昼寝をしたりまどろんだり、していたのだから。完全に寝過ぎだ。

もうすっぱり諦めて、起きてしまうことにする。もし眠れたとしても、先ほどの夢の続きを見てしまいそうだった。

うすうす感じていた。今の生活をしている限り、成功は難しいのではないか、ということは。ネットで明晰夢について調べ尽くし、よしいけると確信した。何しろ今は眠る時間なら、たっぷりある。

まず最初のステップ。起きている間に何度も「俺は今、目覚めている」とか「これは夢じゃないか?」とか自問する。さらに、鏡を覗き込んだり、カレンダーや時計、本の活字を常に読み取るよう意識する。その習慣を夢に持ち込むことができたら、半ば成功と言っていい。夢の中で鏡を見ても、正確な自分像が映ることはまずないし、文字を読み取ることはとても難しい。つまりここで「おや?　ということは今は夢の中なのだな」と気づくことができるのだ。夢であることを自覚できてしまえば、意識して行動することもできるようになってくる。

夢日記をつけるのも、効果的だという。さらに、どういう夢を見たいか、その具体的な内容を書いておくことも有効とのこと。

　これらを踏まえた上で、自分なりの試行錯誤の末、ある程度なら夢の内容をコントロールできるようになってきた。黒板に書かれた文字を消したり、机の上のりんごをぱっと手の中に移動したり、という程度のことだ。現実では不可能事ではあるかもしれないが、しょせん「その程度のこと」でもある。その段階から、なかなか上にはいけなかった。

　自分の、非現実的なことは常に疑い、何事にも理屈や論理性を求める性格が、邪魔をしているような気もする。だが、問題は他にもありそうだった。どうも最近、変にリアルで嫌な夢ばかり見ている気がする。明晰夢は悪夢障害の治療にも役立つそうなのだが、これでは逆効果だ。

　なかなか良い夢が見られない理由は、なんとなく想像がつく。

　良い夢を見るためには、おそらく良質の刺激が必要なのだ。外に出て、人と会い、様々な物音を聞き、色々な匂いを嗅いで、何かに触れて、そして仕事をしたり何かを学んだり……五感をフルに使い、脳に充分な刺激なり情報なりを入力してやらないといけないのだ。それにより、脳が溢れる情報を睡眠中に整理する。夢はその余波みたいなもんだろう。ひるがえって今の俺は、どうだ？　放置された金魚鉢みたいに、日に日にもやもやとした藻で覆われていくばかり。新たなインプットがない限り、アウトプットなどあり得ないのだ。

　思わず深いため息が漏れた。

　外に出る……それこそが、今の自分にとってはまったく不可能なことだというのに。これでは本末転倒だ。

夢だけが、ただ一つの脱出路だと思い、必死でやってきたのにな……。

目を開けても闇、閉じても闇。

息苦しい思いで、意識を逸らす。

「リア充め、爆発しろ」

ネットで覚えたそんな憎まれ口を、小声でつぶやく。今の俺のリアルは、まったくもって充実とはほど遠い。だから、全力で夢に逃げている。わかっている、そんなこと。

ぼんやりと、以前見た光景を思い出す。

空いた電車の中だった。高校生のカップルが、楽しげに語り合っている。

「……それでね、美が少ない女、で美少女、なんだって」

くすくす笑って女が言う。

「あ、それなら僕も、美少年」

「違うよー、び、せ、い、ね、ん」

「美が青いの？」

「違うもん」

と女は男にそっと何か耳打ちする。おおかた「私にとっては超絶美男子よ」とかなんとかささやいたんだろう。男はニヤニヤ笑って、

「じゃあ君は、絶世の美女」

「微妙の微に女？」

二人揃ってぷっと噴き出す。

うっわムカつく。あーうぜー。

もっさり眼鏡の女子と、どっからどう見ても平均顔の男子のこの会話。嫌ですねー、恋って恐ろしいですねー。

あまりと言えばあまりのしょうもなさに、呆れ果てて見ていると、男がふいに移動した……俺の視線から彼女を守るようなポジションに。

いや、取らねえから。取る気もねーから。別におまえの彼女に見とれてたわけじゃないから。なに、ナイトを気取ってガードなんてしてんだよ……。

腹が立つを通り越して、なんだかやるせなくなってきた。

ああ、つまんないこと思い出しちゃったなあ。もしこれが明晰夢だったら、いきなり女が男の横面をパッチーン、なんて場面に持って行けるのに。それはちょっと愉快だぞ。

断じて俺は、あのバカップルを羨《うらや》んでいるわけではない。あんな恥ずかしくてどうでもいい、すっかすかの会話をしたいわけではない。

——それなら、どういう会話をお望みだよ。

自分で自分に突っ込みが入る。こうした自問自答だの独り言だのがやたら増えるのが、ヒキコモリの困ったところだ。

そうだなあ、と俺は考えた。一人だけ、話しててちょっと面白かった女の子がいた。

俺がこの狭苦しい空間から、一歩も出られなくなるより少し前の話。そこらを探索していて見つけたお気に入りの場所に行ってみたら、先客がいた。あまり人が通りかからない一角に、長椅子が置いてあった。そこで本を読んだり、ぼうっと景色を眺めたりする時間を、俺はけっこう気に入っていた。

先客の存在に、俺は一瞬むっとした。とは言え、俺専用の場所ってわけでもない。

「あ、ここ座る？　どうぞどうぞ」

立ち止まった俺に気づき、女の子は手のひらでパタパタと自分の隣を叩いた。そんなゼスチャーまでされて立ち去るのは感じ悪すぎるので、なるべく空間を空けるようにして腰を下ろす。そうして出来る限り素早く文庫本を開いた。

「――ねえ」すかさず、という感じで声がかかった。「何、読んでるの？」

隣の女の子である。どきりとしてそちらを見やると、こぼれそうに大きな瞳と目が合った。同い歳くらいに見える。ゆったりした白いコットンのワンピースにレギンス、ベビーピンクのカーディガンという出で立ちだった。襟元から覗いた鎖骨や首筋が、折れそうなほどに華奢《きやしや》だった。

そうしてつまりはそれだけの観察ができてしまうくらい、俺は不自然な沈黙を場に提供していたわけだ。

いきなり、知らない人間から親しげに話しかけられるのは苦手だった。

「……ＳＦ」

やっとの事で、そう返す。相手は「ふーん」と相槌《あいづち》を打ち、さらに続けて言った。

「宇宙人とか、出てくる？」

「いや……」

小さく否定したにもかかわらず、相手はうきうきと話し続けた。

「私ね、宇宙人に会ってみたいの。だからね、将来は宇宙飛行士になろうと思って」

「ふーん、なれるといいね」

なろうと思ってなれるほど、その職業は簡単ではないだろうと思いつつ、平坦な口調で答えると、女の子はしょんぼりと肩を落とした。

「とにかくJAXAに応募するのよね。英語ができなきゃ話にならないから、それはがんばってるの。まあまあ、得意なの。だけどね、数学と物理がね、苦手なの……それもすっごく。もはや致命的に。やっぱりそっち系の大学行こうと思ったら、その二つ、避けて通れないわよね？」

そっち系というのがどっち系なのかよくわからなかったが、適当に頷《うなず》く。

「だろうね」

「ああ、やっぱり」相手は絶望的な声を出した。「特に物理とかもう、意味不明。何言ってんだかわかんないし、何がしたいんだかもわからないし、もはや何がわからないかもわからないレベル……まずいわ。ねえ、あなたは物理は得意？」

うん、まあねと俺は頷く。

「物理が得意なんて変態だと友達には言われた」

「私もそう思う」

女の子が悔しげに言ったとき、「こんなところにいたの」と声がかかった。角を曲がってきた女の人がそこにいた。

「あ、お母さん」女の子はぴょんと立ち上がった。「それじゃ、またね」

ひらひらと手を振ってから、母親と一緒に歩いて行く。まるでつむじ風みたいだったなと思いつつ、ようやく落ち着いて本を読みにかかった。

名前を知ったのは、その数日後だった。

また同じ場所で、今度は彼女が後からやってきた。当たり前みたいな顔をして、隣にストンと腰を下ろす。

「ねえねえ、私の苗字ね、緑野って書いてミナノと読むの。変わってるでしょ」

自己紹介のつもりか、いきなりそんなことを言ってくる。

「俺の友達に、兎野《うさぎの》ってのがいるよ。見た目はそんな可愛らしいもんじゃなくって、ゴリラだけどね」

「確かにとても変わった可愛い名字だけど」ミナノはくすくす笑った。「自分の名前よりも先に友達の名前を紹介するなんて、そっちの方が変わってる。よっぽど仲良しなのね」

兎野の名前を出したのは緑の野原からの連想だったのだが、冗談じゃなかった。

「気持ち悪いからよして下さい」ぶるっと首を振ってから、改めて自己紹介をする。「俺は伊東《いとう》。藤の方じゃなくて、東の方の伊東」

ああ、とミナノは訳知り顔に頷いた。

「伊東甲子太郎《かしたろう》の伊東だね」

得々と言われ、思わずぶっと噴き出した。

「……いきなりずいぶん渋いところを持ってくるね」

「新撰組には一時はまったの。それでね、将来は剣豪も悪くないなあと思ってね、中学の時に剣道部に入ったんだけど……私、とても運動神経が鈍かったのよ」

「……入部する前に気づければ良かったね」

「思えばあれが、私の最初の挫折だったわ」

「……俺は今まさに、ぽっきり折れてるけどね」

ぼやくように言うと、ミナノは目を見開いた。あ、余計なことを言っちゃったなと思いつつ、ことのあらましを簡単に説明する。ふんふんと聞き終えてから、彼女は言った。

「そっかー、一個上かあ……私は来年受験だから……追いついちゃうね。いやいや、追い越せちゃうかも」

「えーっ、そういうこと、言う？　第一物理と数学はどうすんの？　物理はともかく、数学は逃げられないんじゃない？」

「じゃあ一緒に受験勉強しよう。それで、私に勉強教えて？」

小首を傾げてことさら可愛らしく言ってくる。

にっこり笑って言ってやった。

「謹《つつし》んで、お断りします」

その日はけっこうゆっくり話した。彼女の得意課目は現国と古典なのだそうだ。宇宙飛行士には必要ない素養かもねと意地悪く言ったら、「私って、志望と資質が乖離《かいり》しているのよねえ」と深刻そうに答えられ、返す言葉に困った。

次の機会は、それほど長く話せなかったけれど、強く印象に残った会話があった。例によって、ミナノが唐突に聞いてきた。

「ね、自分の苗字、好き？」

聞いておいて、返事も待たずに続けて言う。「私はね、好き。緑の草原の感じがぶわーって広がるでしょ？　そういう、風が吹いてる感じが好き」

そっちは？　という眼で見てきたので、しぶしぶ答えた。

「俺はあんまり。出席番号が早いのが嫌だ」

「ああ、わかる。それは嫌よね。先生から当てられる回数が、微妙に多くなる感じ」

「当てられるのは別にいいけど、歌のテストとかも最初の方だし」

「歌、苦手なの？」

「得意じゃないな……あと、兎野とはだいたい連番だったし」

「それはいいことでしょ」

断じていいことではない。

ふっと浮かんだことがあった。

「それにさ、厭うと重なるだろ。世を厭う、みたいなさ。嫌いってことだよな。世を厭う、伊東君、なんてね」

さして深い意味を込めたつもりはなかったが、相手の顔は真剣だった。

「あらでも、やな意味ばかりじゃないでしょう？　厭うって。いたわる、みたいな意味も、あるじゃない？」

「え？」

思いがけないことを言われて、本気で首を傾《かし》げた。彼女はにこりと笑って言う。

「だって言うでしょ、お身体、お厭い下さいって」

「……ああ、言うね」

「とても古風で、ゆかしい言葉よね。私、不思議に思って調べたことがあるの。それですごく納得したんだけど、厭うって、嫌なことを避ける、みたいなニュアンスでしょ？　つまりね、あなたにとって嫌なこと、悪いことを避けて、お身体を大切にして下さいねって意味になるんだって」

「へえ、初めて知った」

年下から物を教わったのも初めてかもしれない。

感動というほど大袈裟《おおげさ》じゃなく、感心というほど上から目線でもない、妙に中途半端な気持ちで俺はぽかんと口を開けていた。おそらくは間が抜けていたであろうその顔を、彼女は満面の笑みで覗き込んできた。

「ね、好きになった？」

「え？」

「自分の名前」

一拍置いて、俺は答える。

「うん、そうだね」少し迷ってからつけ加えた。「ありがとう」

ヤッターと相手は無邪気に両手を挙げた。


彼女と二人で話をしたのは、その三度きりのことだった。後から幾度《いくど》も思い返しては反芻《はんすう》し、やっぱりあのときは楽しかったなあとしみじみ思うのだった。

そして、彼女のことを考えていたら、苛々と荒れていた心が不思議と凪《な》いだ。

ようやく、眠れそうだった。

俺はただ一人、夜の闇の底に仰臥《ぎょうが》している……はずだった。

また夢を見ていた。

「ね、好きになった？」

そう言って笑った女の子の顔が、浮かんでは消える。

俺は何と答えたんだっけ、何と答えるべきなんだろうと、おぼろな混沌《こんとん》の中、慌ただしく考える。

これは夢だ。望んでいた夢だ。俺はこの夢を、支配しなければならない。

なぜならば……。

なぜだったっけ？　何もかもが、ぼんやりとおぼつかない。大切な物の、尾をつかめそうな気がするというのに、それが何なのかもわからなくなっている。

この出口の無い、閉ざされた部屋に。逃げ場の無いこの狭苦しい部屋に、するりと滑り込んできてくれるのはただ、夢だけだ。

誰かが、俺の名を呼んでいる。望んでいた夢の予感に、俺は必死で自分に命じる。

これは夢だ、目を開けろ。決して目を覚まさずに。

矛盾した指令に脳が混乱しているのがわかる。同時に、成功の予感もあった。

部屋の中に、人がいた。

透き通った薄いカーテンの向こうに、少女がいる。ほんの少し動けば、触れられそうなほど、側にいる。

ミナノだった。

彼女は俺を、優しい眼で見下ろしていた。

「これは……夢なのか？」

ごくごく小声で俺は聞く。返事もまた、ささやくような声だった。

「そうだよ、ユメだよ」

成功だ。嬉しくて思わず破顔する。

「……調子はどう？」

「まあ、ぼちぼち」

「ぼちぼちか」

それだけのやり取りが、楽しくてしかたがない。

ミナノはきらきら光る眼で、俺を見つめて言う。

「あのね、私はあなたに呪いをかけにきたの。がんばれって言いに来たの。あなたが苦しんでいるのは知っている。絶望しているのも、知っている。他の誰の言葉も届かないのを知っている。どれだけあなたを大事に思ってて、どれだけあなたを思いやる言葉だって、今のあなたには辛いだけ。

でも、私だけは別。そうでしょ？　だって私はあなたとおんなじだから。

だから、ね、がんばって。がんばろう？」

真摯な瞳でそんな風に言われて、「うん、がんばるよ」以外の返事がどうしてできるだろう？

彼女は満足そうに微笑んだ。

「最後にもう一つ、呪いをかけるね。


『あなたのことが、大好きです』


それじゃ、おやすみなさい……いい夢を見てね。さあ、もう目を閉じて。またね」

バイバイ、と彼女は手を振ったみたいだった。引き留めたかったが、瞼《まぶた》がどうしようもなく重い。催眠術にかけられたように、容赦ない眠りの中に引きずり込まれる。

もう既に夢の中なのに。

柔らかな無意識の底に落ちていきながら、俺はこの上なく幸福だった。

3

——夢を見ていた。

若い男と、中年の女性が並んで歩いている。男が側《かたわ》らの女性に言う。

「母さん、やっぱりそっちの荷物も持つよ」

「いいわよ。あなたお米を持ってくれてるじゃないの」

「いいからいいから。今まで親孝行できなかったぶん、急いで取り返さないと」

なおも辞退しようとする母親から、青年は強引に買い物袋を奪い取った。

「あれ、これ、けっこう重かったね」

「大丈夫？　買い過ぎちゃったわね」

小柄で痩せた青年は、重みによろめきながらそれでも言った。

「大丈夫、大丈夫。僕と一緒の時には、重い物を買うチャンスなんだから。て言うか、また重たい物を買いたくなったら、いつでも声をかけてよね」

「……悪いわねえ」

申し訳なさそうな母親と一緒に、青年はえっちらおっちら歩いている。荷物は重そうだったが、不思議と幸せそうだった。

そんな親子を見ながら、「けっ、マザコンめ」とつぶやく俺は、だいぶ性格悪い。そんなことはわかっている。毒づきたくなるのは、己の後ろめたい気持ちを刺激されるからだってことも。

よく考えると。考えなくっても……。

ああ、俺ってすっごい親不孝しちゃってるよなあ……。改めて、そう思う。

素行には何の問題も無し、途中までは成績優秀で、けっこういいとこ行けんじゃねって思わせといて、肝心要の大学入試で大コケ。そのまま人生ドロップアウトってさ……。

我ながら、タチが悪いにもほどがある。

母親も、そして父親も。俺のことを心底案じてくれている。そんなことは百も承知で、だからこそ、合わせる顔が無い。

ああ、この夢は嫌になる。魔法を試してみる気にもなれない。

早く場面を変えないと……。

そう思って念じたが、長くは続かなかった。

どこかでベルが鳴っている。毎度お馴染みの音。


「……またおまえか、ゴリ野」

寝ぼけ眼で受話器を取って、寝たまま耳元に転がす。わざわざブラインドを開けてやるのも億劫だった。ブラインドの角度は平行に近く、光を背にしてやつの無駄にでかい身体が見て取れた。

「おう。調子はどうだ？」

相変わらずでかい声で、やつは言う。

「……まあ、ぼちぼち」

寝起きの声は、カサカサだ。

「って、誰がゴリ野だよ」

お約束の突っ込みの、タイミングは間が抜けてずれている。

「眠ってたんか？　悪かったな」

「……いいよ。そんないい夢じゃ無かったし」

夢日記に書く気にもなれない、しょうもない夢だ。というより、ここのところは夢日記もすっかりご無沙汰している。

「おー、例のめーせき夢か？　どうよ、いい感じ？」

「……最近は失敗ばっかりだな」

保冷マグに入った水を一口飲んだが、ひどくまずかった。相手はやたらと陽気に言う。

「じゃあさじゃあさ、おーこりゃ大成功ってな夢はあったの？」

言われてふと思い出す。

「……ひとつあるな」

「どんなんよ？」

「んー、女の子に告白される夢」

「おお、そりゃいいなあ。まさに男子の夢。その女の子は、さぞかし可愛いんだろうな」

「そりゃ。だけじゃなくて賢いし」喉を潤したおかげで、ようやくまともな声でしゃべれるようになった。「夜中に寝てるうちにさ、そうっと枕許にやってくるの。そんで言われたんだ、大好きですってさ」

改めて言葉にすると、だいぶ気恥ずかしい夢だ。願望丸出しって感じ。

その辺りをからかわれるかなとも思ったが、相手はしばし無言だった。

待ちくたびれて、こちらがうとうとしそうになった頃、ようやくゴリ野は言った。

「……あのさ、その夢に出て来た女の子ってもしかして、ミドリノさんって子？」

驚いて、軽く半身を起こす。

「なんで知ってるんだ？　読み方は、ミナノだけど……」

「なんでって……」相手は口ごもり、逆に尋ねてきた。「それで、おまえはなんて答えたんだ？」

「はあ？」

「好きですって言われて、その返事だよ」

ゴリ野の口調は妙に真剣で、茶化すのはためらわれた。

「まあ……そのまま寝ちゃったしなあ……夢の中でまた寝るってのも、変だけど。特に何も……」

「じゃあ答えていないんだな」

何だか様子が変なので、ブラインドを開けてみた。ガラス越しに、何とも言えない表情を浮かべたゴリ野と目が合った。

しばらくためらうような素振りを見せてから、彼は言った。

「……それは、本当にあったことじゃないのか？」

「まさか」俺は笑った。「見ての通り、このヒキコモリ部屋は密室みたいなもんだよ。行き止まりの部屋。出入り口の無い、閉ざされた部屋だ。俺が外に出ることができないのと同じくらい、外から女の子が入ってくることも不可能だろ……それこそ、夢でもない限りね」

俺の笑顔に対し、相手は酷く暗い顔をしていた。怒っているようでも、哀しそうでもあった。

「おまえはわざと気づかないふりをしているんだな。俺はおまえより全然アタマ悪いけどな、それでもわかるぞ。おまえがいつも言ってるみたいに言ってやろうか？　おまえがいるのは確かに密室だよ。ただし、心理的密室であって、物理的密室じゃない」

「……おまえ……何を……」

「何がヒキコモリだ、笑わせんな。

おまえがいるのは、確かに行き止まりの部屋だよ。これ以上ない閉ざされた部屋さ。なんたって無菌病棟のそのまた奥の、無菌室なんだからな」

兎野は、完全に怒っていた。

相手の怒りを受け止めかねて、俺はぱたりとまた横になる。スチールのガードがついた、病院のベッドに。

取りつけられた可動式の机の上には、大量の薬と体温計とマグとテレビのリモコンと、それにブラインドのリモコンがある。ブラインドがついているのは窓の外側だ。そして俺が今、手にしているのは見舞客とガラス越しに会話するための、インタホン。

強い痛み止めのせいで、頭は恐ろしくぼんやりしていた。身体中の痛みと、吐き気とで、ひどく具合が悪かった。

ずきずきと痛むこめかみを押さえながら、俺は色んなことを思い返していた。

入試の前日、町医者からもらった解熱剤はまったく効かず、家にたどり着くことさえできず、そのまま大きな病院に搬送された。その時行われた血液検査で、なんと俺は余命宣告を受けた。このまま放っておけば、数ヵ月のうちに命を失うであろう、と。

もうセンター試験どころの騒ぎじゃない。あれよあれよという間に、俺は強制入院させられ、抗癌剤治療の苦しい毎日が始まった。親は泣くわ、俺はげえげえ吐くわ、おまけに髪の毛はすっかり抜けてしまうわで、思い出したくもない日々だ。

俺が明晰夢に逃げ始めた頃、事態は更に悪化した。骨髄移植をしなければ、やっぱり俺は死ぬらしい。けれどそれは、たいそうリスクの高いことで、下手すりゃそのせいで死ぬらしい。

移植するにも型が合わなければ無理なので、一人っ子の俺、終わったじゃんと思った。実際は、骨髄バンクもあるから即終わりってわけじゃなかったが、受験のことや治療のダメージもあって、色んなことがどうでも良くなっていた。

だが奇跡的に、父親と型が一致した。医師が言うには、非常に稀《まれ》なことであるらしい。大ラッキーなんだそうだ。

それで移植設備の整った今の病院に転院してきた。抗癌剤による化学療法の苦しさを最低だと思ったが、実はまだまだ深いところに底があったことをここで知る。それでもどうにか無事移植も終わり、無菌室にて快復を待っている……というのが目下のところ。

すっかり世を厭う伊東君の出来上がり、だ。もともと良くもなかった性格が、さらにねじ曲がった自覚がある。

無菌室入りする前、無菌病棟にいたときに、ミナノに会った。長く話したのは三度きり、その際も、互いに病気の話は一切しなかった。無菌病棟にいるからって、皆がみな、移植のために無菌室入りするわけじゃない。一口に同じ病気と言っても様々なタイプがあり、化学療法が効きやすいタイプや、中には特効薬が開発されたタイプもある。

彼女もきっと、そういうタイプなんだと、勝手に思っていた。

だってミナノはあまりに明るく、あっけらかんとしていたから。けろっと宇宙飛行士になりたいなんて夢を語っていたから。

だから俺が無菌室に入って間もなく、彼女がすぐ隣の部屋に入ってきたなんて、思ってもいなかった。

……いや、嘘だ。本当は少し、その可能性も考えていた。ただそれは、夢に逃げてばかりいた俺の、さらに逃げたくなる追加要素でしかなかった。それでなくとも、自分だけのことで手一杯だった。いや、それすらも、持て余していた。

「――あの子と少し話したんだよ」

長い間、押し黙っていた兎野が、ようやく口を開いた。受話器を耳元に置いたまま、俺はわずかに頷くことしかできなかった。

「おまえの見舞いに行く途中でさ、窓を叩いて呼び止められて……そんであの子の部屋のインタホンで話をしたんだ。驚いたよ、いきなり、『あなたは伊東君のお友達の、兎野さんですか』って。そうですっつったら、『あ、やっぱりー』って、すごく嬉しそうに笑ってさ。で、おまえのこと教えてくれって言うんだよ、すごいちっちゃい声で。おまえに聞かれたくなかったんだな」

そうだった。各個室を仕切る壁はごく薄いものだし、面会廊下の対面部分には壁すらない。ビニールカーテンとエアカーテンでウィルスや細菌の侵入を防ぎ、その外側には目隠し用の抗菌カーテンがあるだけだ。少し大きな声を出せば、丸聞こえになってしまう。

「あの子さ、俺がおまえに勉強を教えてもらってたって言ったら、すげー羨ましがってたぞ。私も教えてもらいたいって」

泣きそうな声で、兎野は言った。なんでそんな顔をしているんだよ、と思う。

頭も喉も手も脚も、どこもかしこも痛くて辛くて、俺は言葉を挟むことも、身を捩《よじ》ることも出来ず、ただ受話器が伝える相手の言葉を聞いている。

「あの子はさ、ほんとにおまえのことが好きだったんだよ。だから告白に来た。なのに夢なんて言うな」

言い終えて、相手はぐっとこっちを見やる。その視線さえ、痛かった。

無菌室に出入りできるのは、両手を厳重に消毒し、マスクをした医師や看護師だけである。患者にすれば命がかかっているのだから、そこから出ようなんて思わない。まさに心理的に閉ざされた、密室だ。

しかしもちろん、物理的に閉じているわけではなく、その気になりさえすれば、カーテンをぺろりとめくって出られるし、入れる。とりわけ、深夜、夜勤の看護師の目を盗み、すぐ隣の部屋からなら、実にたやすく。

あの日、真夜中の病院で、息を殺し、ミナノはそっとベッドを抜け出した。極力物音を立てないよう、細心の注意を払ってそろりそろりと点滴棒を押しながら。

部屋と部屋の間は、ほんの数歩だ。コの字型に張り巡らされた、自分の部屋の目隠しカーテンをめくり、一、二、の三歩。素早く隣のカーテンの陰に隠れてしまえば、それで脱出も侵入も成功。あとは透明のビニールカーテン越しに、声も届けば姿も見える。そうして彼女はそっと俺に顔を近づけて、ささやき声で俺を起こしたのだった……。

「——これは夢だ」

どこからか、声がする。幾度となく、自らに言い聞かせた俺自身の声。

そうだよ、きっとこれも夢なんだ。

だけど俺が見たのは、大抵はありきたりでつまらない、日常の夢ばかり。

ああ、そうだよ。嫉妬していたよ。あの犬を散歩してた二人とか、電車の中の二人とか(あれ、これは夢じゃなかったっけ……もう何もかもごちゃまぜだ)。さっき夢に見たばかりの親子連れの二人でさえ、今の俺にはねたましい。

夢だろうと現《うつつ》だろうと、いつかどこかで見たに違いない、ごくありふれて平凡な、日常の幸せ。

笑っちゃうくらいささやかで、だけど途方もなく羨ましい。今の俺が無くしてしまったもの……。手に入れることさえ、できなかったもの……。

なのになぜ、リアルでこんなことが起きるのだ？

この行き止まりの部屋で。出口の無い閉ざされた部屋で、考えるのは夢のことだった。夢だけが、たったひとつの脱出路だと思っていた。

俺は万能の魔法使いになりたかった。なのに結局、最強の魔法を使ったのは、年下の女の子だった。密室の中に突然可憐な少女が現れて、この俺に愛の告白をしてくれる。そんな夢みたいで非現実的なこと。ほんとになんて魔法だよ、それ。

「――ごめん、伊東。悪かった、ごめん」その存在も忘れていた受話器から、焦ったような声がした。「おまえにこんなこと、言うつもりじゃなかったんだ……」

ぼんやり窓の方に目を向ける。

なんで泣いてるんだよ、兎野。ゴリラみたいなおまえが泣いてても、キモいだけだっつーの。

そんな憎まれ口も、今は喉から出て来ない。気づくと、俺の両頬は、びっしょり濡れていた。

馬鹿じゃね？　なんで俺たち、泣いてんだよ……。

そうだよ、これから始まるんじゃないか。将来、宇宙飛行士になりたいと夢を語っていた女の子に、俺だって語ってやれる夢が見つかるかもしれないじゃないか。

俺はパジャマの袖で顔を拭い、最大限の勇気を振り絞って尋ねた。

「ミナノは今、どうしてる？」

兎野はぐっと言葉に詰まり、そして言った。

「……わからない……少なくとも、隣の部屋は今、空っぽだ」と。

4

本当は、うすうす気づいていた。痛くて辛くて苦しいさなか、モルヒネで朦朧《もうろう》としていた頃。隣の部屋が、ひどく慌ただしかったことがあった。聞こえてくる医師や看護師の声が、今まで聞いたことが無いくらいに緊張をはらんでいた。漏れ聞こえる単語は、不吉なものばかり……。

俺に出来たのは、必死で夢の扉を開けることだけだった。そこだけが唯一無二の出口だと信じて。

兎野の見舞いから数日後、担当の医師がやってきて言った。

「おめでとう。一時は気を揉んだが、どうやら生着したようだ」

父親にもらった骨髄が、順調に働き始めた、ということだ。つまり俺は、大きな山をひとまず越えたのだ。これからまだ、いくつも山が待っているらしいことも、あらかじめ聞いている。

「もう今日にでも、無菌病棟内なら出てもいいよ。明日から外のシャワーも使うといい」

嬉しげに伝えてくれる先生に、俺は思いきって尋ねた。

「あの、先生。ミナノは……緑野優芽《ゆめ》さんは、どうなったんですか？」

先生はふと眼を逸らした。

応えないことが、つまり先生の返事だった。

退院の日、先生から一通の手紙を渡された。

「伊東君が無事退院できたら、渡してくれって頼まれててね」

誰から、とは先生は言わなかったし、俺も聞かなかった。

早く読みたい気持ちと、読むのが怖い気持ちがせめぎ合い、父の運転する車の後部座席で、握りしめた封筒が熱を持ってくるようだった。

実際、弱り切った俺は、車で二時間ほどドライブしただけで熱を出してしまった。焦った両親は帰るなり俺をベッドに放り込み、そうして俺はようやく一人、封筒を開けることが出来た。花の透かし模様の入ったきれいな便箋を、どうしようもなく震える手でゆっくり開く。

初めて目にするミナノの筆跡が、目に飛び込んできた。力の入っていない、ふらふらした文字。ひらがなが多めの、おそらくは、ひどい体調のさなかに書かれた字……。

伊東くんへ。

私はこの手紙を、「もし私になにかあったら、伊東くんにわたして下さい」とたのむつもりです。

だから今、伊東くんがこれをよんでいるってことは、まあ、そういうことになります。そして伊東くんはぶじ、退院したってことね。まだまだたいへんだろうけど、ひとまずおめでとうございます。よかったね。

こないだね、うわさのウサギノさんに会いましたよ。すぐわかったわ。私の病室の前をとおっていったから、少しお話ししてもらいました。とってもいいお友達ね。伊東くんのこと、恩人だって言ってたよ。勉強を教えてもらったおかげで、とてもムリだっていわれた志望校に合格できたって。なのに一流大合格確実だと思っていた伊東くんが、今、こんなことになっているのがとてもつらいって。本当につらそうに、そう言っていました。うらやましいな、ステキなお友達がいて。

それから彼、こうも言ってたよ。勉強だけじゃなくって、何かおかしなことやこまったことがあったら伊東くんに相談するんだって。そうしたら、ちゃんと正しい答えをくれるんだって。あいつはすごいやつなんだって、ジマンされちゃった。伊東くん、すごい人なのね。私もなにか、相談してみたかったな。

この手紙を書いたのは、もしかして、ちゃんと伝わっていないかもしれないって気づいたから。念には念を入れとこうって思ったの。

私はね、そりゃあもっとずっと長く、生きていたかったよ。もっとたくさん、したいことがあった。本当はこんな病歴がある時点で、宇宙飛行士になんてなれないことはわかっていたけど……物理や数学以前の問題として、ね。それでも、宇宙に関して学んだり、その周辺の仕事についてみたかった。大学で色んなことを勉強して、就職して、いっしょうけんめい仕事して、それから結婚して、こどもも生んでみたかった。それよりなにより、まず恋をしてみたかった。

初恋もまだだったなんて、信じられる？　いまどきどれだけオクテなんだって、自分でもあきれてしまう。

私はどちらかといえば、感情より理性を優先してしまう方でした。それが良かったのか、悪かったのか……今となっては、悪かったのかな。

とにかくね、一度でいい、愛の告白ってものをしてみたかったの。それをせずに死んでしまうのは、とてもいやだったの。

でも、ゴカイしないでね。だからと言って、相手がだれでも良かったわけじゃありません。同年代の男の子が、たまたまおとなりにいたから忍んでいったわけではないの。もちろん、伊東くんのことはちゃんと好きでした。ほんの数回だったけど、話していてすごく楽しかったです。もっといろんなことをお話ししたかったし、できればいっしょにどこかに出かけたかった。もしそろって退院できたら、お友達からはじめて下さいっておねがいするつもりでもいたのよ。

でもそれは、私たちに時間があった場合の話でしょ。もしそうじゃなかったら……そのときには、くやむことすらできなくなっていると思うから。

だから私は、チャンスを逃がさないことにしました。もしかしたら伊東くんにはとんだめーわくかもしれないけど……でも、私のさいごのワガママをゆるしてね。自分勝手で、ごめんなさい。だけど、ちゃんと伝えておかないと、私の気持ちはここから一歩も出られずに、ずうっと留まってしまいそうな気がするの。体はムリでも、心だけでも外に出してやりたいの。だから、めいっぱい、書かせてもらうね。

あなたのことを、恋しく思っています。とてもとても、愛しく思っています。好きです。大好きです。心底、お慕いしています。

これは私が書く、最初で最後の恋文です。
お終《しま》いにもう一度、のろいをかけておきますね。
伊東くんは未来にむかって歩きつづけて下さい。私のぶんもがんばって、なんてことは言いません。あなたはあなたの人生を、せいいっぱい、生きて下さい。
そしてどうかどうかおからだを、おいとい下さいますように。心より、ねがっています。

緑野優芽

追伸。ウサギノさんに、どうぞよろしくおつたえ下さいませ。

読み終えて、俺は泣いた。

声を上げて、俺は泣いた。

なんでこんな一方的なんだよ。俺は君の告白に、何の返事もしていないんだよ。

頼むから……頼むから、直接顔を合わせて、きちんと返事をさせてくれよ。

君は俺に、自分の身体を厭えと言う。こんな俺を、厭えと言う。

嫌なこと、辛いことを避けてもいいから、それでも自分をいたわれと言う……。


——人は病む。人は苦しむ。人は死ぬ。

老病死はすべての人間に等しく降りかかると言うが、それは完全なる間違いだ。

芽生えて間もない双葉が引き抜かれることもある。美しく花弁を広げようとしている花が摘まれることもある。青々とした若木が切り倒されることだって、やはりあるのだ。

真に等しいのは、人はこの世に生を受け、そして遅かれ早かれいつか死ぬ、ただそのふたつだけ。

かくも世界とは、不平等で不合理に満ちている。

昼と夜のように。夢と現のように。彼女と俺の生死はくっきりと分かれてしまった。

なぜそうなったのか、俺にもわからない。諦めて、逃げて、投げてばかりの俺だったのに。

理不尽でもなんでも、ミナノは死に、俺は生き残ってしまった。去り際、彼女は俺に、呪いをかけた。未来に向けて、生き続けねばならないという呪いを。

だから坂道がどれほど急で辛くとも、俺は一歩一歩、前に進まねばならない。我と我が身をいたわり、体に良くないことを避けながら。

まったく、なんて呪いだよ。

俺は魔法使いにはなれなかった。途方も無い魔法をかけてくれたのは、やっぱり彼女の方だった。

俺はもう、意識して夢を見ることはないだろう。そこに出口は、決して無いのだと思い知ってしまったから。

それでもなお、毎夜眠りに落ちる前に、ある期待を抱かずにはいられない。

もしかして、また……夢で会えたなら。

はるかな空の向こう、地平線に霞む山の彼方。抱えきれないほどの思いを乗せて。

——夢は緑野《りょくや》を、ただ駆け巡る。

初出

「トオリヌケ　キンシ」野性時代　２００６年12月号
「平穏で平凡で、幸運な人生」別冊文藝春秋　２０１３年11月号
「空蝉」別冊文藝春秋　２０１４年１月号
「フー・アー・ユー？」別冊文藝春秋　２０１４年３月号
「座敷童と兎と亀と」別冊文藝春秋　２０１４年５月号
「この出口の無い、閉ざされた部屋で」別冊文藝春秋　２０１４年７月号

加納朋子（かのう・ともこ）

昭和41（1966）年、福岡県北九州市生まれ。文教大学女子短期大学部卒業後、化学メーカーに勤務。平成4年、「ななつのこ」で第3回鮎川哲也賞受賞。平成6年発表の短編「ガラスの麒麟」で、第48回日本推理作家協会賞（短編および連作短編集部門）受賞。平成7年に退社して作家専業となる。著書に「魔法飛行」「掌の中の小鳥」「月曜日の水玉模様」「ささら　さや」「コッペリア」「てるてるあした」「スペース」「ぐるぐる猿と歌う鳥」「モノレールねこ」「七人の敵がいる」「無菌病棟より愛をこめて」「はるひのの、はる」などがある。

トオリヌケ　キンシ

2014年10月15日　第1刷発行

著　者　加《か》納《のう》朋《とも》子《こ》
発行者　吉安 章
発行所　株式会社　文藝春秋
〒102-8008　東京都千代田区紀尾井町3-23
電話　03-3265-1211
印刷所　萩原印刷
製本所　加藤製本

ISBN978-4-16-390145-9